Estrella Renegada

Estrella Renegada

J.N. Chaney

Estrella Renegada
Libro 1

Traducción de Estíbaliz Montero Iniesta

Podium

Para el renegado que hay en todos nosotros, que nos susurra
pequeñas verdades y nos suplica que seamos libres.

Estrella Renegada

Capítulo 1

—¡V oy a matarte, cabrón! —gritó William Emmerson, y ordenó a su personal de seguridad que disparara en mi dirección.

—¡Buena suerte con eso! —le contesté al pasar rozando el lateral de un árbol cubierto de musgo y casi cayéndome en el proceso.

Atravesé el bosque a las afueras de la finca de Emmerson. Acababa de robar un objeto por valor de doscientos mil créditos galácticos: una pequeña esfera de metal del tamaño de mi puño.

Un comerciante llamado Fitz, uno de los rivales de Emmerson, me había contratado para conseguirle esa baratija por un precio razonable. Lo cierto era que no me importaba un comino la enemistad que mantenían, pero la recompensa era buena y necesitaba el trabajo.

—¡Detenedlo! —gritó Emmerson—. ¡Que alguien lo detenga!

Los perros ladraban a mi espalda mientras me acercaba al claro. Si Emmerson pensaba que un par de chuchos callejeros y unos matones a sueldo serían suficientes para pararme los pies, se llevaría una gran sorpresa.

—Disculpe, señor —dijo una voz tranquila y familiar en mi oído. Era Sigmond, la unidad de inteligencia artificial de mi nave—. Veo que está siendo perseguido. ¿Debo desactivar el campo y prepararme para la partida?

Otra ráfaga de energía zumbó junto a mi cabeza y me arrojó a la cara una lluvia de astillas de corteza de árbol y savia oxidada. Agarré mi pistola, me di la vuelta y divisé al guardia responsable entre la multitud de ramas y la espesura de la maleza. Esperé a tener un tiro limpio, apreté el gatillo y disparé.

La bala atravesó una capa de hojas y se alojó justo en la pierna del hombre, haciéndolo caer al suelo. Después de eso, me di la vuelta y seguí corriendo.

—¡Eso estaría genial, Siggy!

—Como desee —respondió.

Atravesé la línea de árboles y entré en un vasto campo verde.

—Intenta hacerlo rápido, amigo, a menos que quieras quedarte sin hogar.

—Ni pensarlo, señor.

La *Estrella Renegada* onduló cuando se hizo visible en medio del valle. Varios miembros del personal de seguridad salieron del bosque, se acercaron corriendo, me vieron y dispararon.

Me lancé hacia delante, triturando la hierba con los tacones de mis botas. A mi espalda resonaron varios disparos. No había tiempo para frenar.

—¡Daos prisa! —gritó Emmerson mientras se unía a sus matones a sueldo cerca de los árboles. Continuó con una serie de insultos confusos e ininteligibles.

Destinados a mí, por supuesto.

Me di la vuelta, apunté mientras corría y disparé con la mayor precisión posible, dada la situación. Era un tirador decente, puede que incluso bueno, pero no podía acertar a un objetivo desde tan lejos mientras corría en dirección contraria, por mucho que me doliera admitirlo. Como resultado, casi todos los disparos impactaron contra en el suelo o, en el mejor de los casos, contra las hojas de los árboles circundantes.

Un instante después, cuatro perros entraron en el campo, chasqueando las mandíbulas mientras corrían detrás de mí. En unos pocos segundos, ya habían recorrido la mitad del claro.

—Sácanos de aquí —dije cuando por fin alcancé la puerta baja en la parte trasera de mi nave—. ¡Sube la rampa!

Los perros se estaban acercando. En sus respiraciones trabajosas podía oír la anticipación que sentían por la matanza a medida que ganaban terreno.

La puerta de la bodega de carga comenzó a elevarse. Salté dentro y me deslicé por el suelo con la pistola apuntando hacia la rendija de la compuerta, que era cada vez más estrecha.

Los animales intentaron saltar detrás de mí, pero se quedaron cortos. Saltaron y gruñeron, enseñando los dientes mientras la rampa medio cerrada continuaba subiendo.

Varias explosiones impactaron contra el casco. Escuché a Emmerson gritar con odio, pero las palabras me llegaban demasiado distorsionadas para distinguirlas.

Los propulsores de la *Estrella Renegada* se pusieron en marcha con un ruido estruendoso e hicieron vibrar el suelo de metal mientras yo intentaba ponerme de pie.

La pantalla que había a lo largo de la pared parpadeó y se encendió, mostrándome una vista del exterior de mi nave: casi dos docenas de guardias armados y su jefe apuntándome con sus rifles y disparando.

Más disparos acribillaron nuestro casco, pero sabía que podíamos aguantar. Esa nave había sido construida para resistir el impacto de un cañón cuádruple, por lo que un poco de potencia de fuego manual no haría mucho más que raspar la pintura.

Cuando la compuerta se cerró y la luz del día fue reemplazada por la del interior de la nave, aceleramos. Por un breve momento sentí la presión, hasta que los estabilizadores entraron en acción y el viaje pasó a ser muy suave.

Más o menos en ese momento entramos en la estratosfera. Desde el punto de vista de Emmerson, ya nos habíamos ido.

Subí corriendo las escaleras y me dirigí a la cabina, donde tomé asiento y me abroché el cinturón. En el tablero, un viejo muñeco de Foxy Stardust, un personaje de dibujos animados, todavía rebotaba a causa de las turbulencias anteriores. Tenía un casco blanco con una visera azul neón y un traje espacial rosa.

—Desactivando el campo —dijo Sigmond justo cuando entramos en la estratosfera.

Sin duda, Emmerson estaría furioso por lo que había hecho.

Pronto, dejaría de importar. Después de entregarle esa baratija a Fitz, toda la culpa pasaría a ser de él. Si había alguna venganza, Fitz correría con el coste, no yo. Así era como solían suceder las cosas en mi área de especialización. Nosotros hacíamos el trabajo, pero el cliente cargaba con la culpa.

Mi nombre es Jace Hughes y soy un renegado; me contratan para robar, hacer contrabando o saquear todo lo que sea necesario. Se me conoce por hacer cualquier tipo de trabajo desagradable si surge la necesidad y por el precio adecuado.

Y seguiría haciéndolo hasta que me muriera.

Era la vida que había elegido y no me arrepentía.

—¿Qué narices es esto? —pregunté mientras miraba la luz roja parpadeante del tablero.

—Esa es la luz de advertencia, señor —comentó Sigmond.

—¿Desde cuándo tenemos una luz de advertencia? —pregunté—. ¿Y cómo la apago?

La luz se apagó en cuanto terminé de hablar.

—Mis disculpas, señor. Parece que se ha encendido a causa de nuestra repentina partida. Los sensores estaban abrumados.

—Ah —dije, volviendo a mirar la pantalla holográfica de mi tablero, que mostraba el campo de batalla actual. Más de cuatrocientas naves de dos flotas estaban luchando en esos momentos, estallando en pedazos. No sabría decir por qué estaba pasando aquello. Yo no estaba allí por eso.

Estábamos sobrevolando Galdion, un planeta remoto en un confín de la galaxia. Había ido allí en busca de un objeto de interés: el orbe que en aquellos momentos descansaba junto a mi pierna derecha. Si hubiera sabido que tendría que atravesar una zona de guerra, podría haber ido más tarde.

—¿Alguna señal de que nos hayan detectado? —pregunté, refiriéndome a las naves cercanas.

—Todavía no —respondió Sigmond—. Parece que no pueden detectarnos detrás de nuestro campo.

—¿Cuándo podremos saltar? —pregunté mientras desplegaba el mapa estelar.

—Aproximadamente en cuarenta y cinco segundos —respondió Sigmond—. Más si morimos.

—Tan gracioso como siempre, Siggy. —Introduje las coordenadas de la estación Taurus, nuestro próximo destino y mi actual hogar en los registros.

—Gracias, señor —dijo la IA—. Lo cierto es que siempre procuro complacer.

La nave se sacudió hacia un lado y yo me agarré a la silla.

—¡Joder! —rugí.

—Los escudos están aguantando —comentó Sigmond, en un tono poco impresionado. Por lo general, las IA no estaban equipadas con personalidades, pero me había preocupado de solicitar una al encargar a Siggy. Si iba a pasarme varias semanas seguidas dentro de esa nave, no sería con una inteligencia artificial monótona y soporífera—. Ninguno de los bandos nos ha visto todavía, por suerte, y el campo está aguantando. Ambos disparos enemigos apuntaban a otras naves.

A cierta distancia del planeta había varios cruceros Master Class esperando. Sería difícil salir de esa zona sin ser visto, incluso con el campo. «Los combatientes más pequeños no podrán detectarnos —pensé—. Pero esos cruceros podrían hacerlo».

—Pronto tendremos que hacernos visibles, justo antes de dar el salto. ¿Crees que tendremos suficiente tiempo?

—Eso creo, señor —dijo Sigmond—. Aunque puede que tenga que devolver el fuego si nos ven.

—Intentemos evitar un tiroteo, Siggy. Lo último que necesito es otra orden judicial.

—Quizá la próxima vez no nos haga ir a un lugar tan peligroso.

—Lo haré si quiero comer —le dije—. ¿O prefieres que no nos paguen?

—Debe de haber sectores más fáciles —contestó Sigmond.

—Más fácil no siempre es mejor, Siggy —dije con una sonrisa—. Elegiré a los renegados antes que sentarme detrás de un escritorio cualquier día de la semana, muchas gracias.

Otra explosión sacudió la nave, esta vez desde atrás, y la nave atacante pasó por encima. Era un asaltante arnesio.

—¿Estamos listos ya? —pregunté.

—Salto en doce segundos —respondió la IA.

Observé el enfrentamiento de las dos flotas, las explosiones de las naves en el campo de batalla como si fueran fuegos artificiales, dejando campos de escombros flotantes a su paso. En cuestión de horas, toda la órbita de aquel planeta se llenaría de escombros. Era probable que decenas de equipos de rescate estuvieran ya a la espera, ansiosos por revender las piezas en el mercado, posiblemente a las mismas organizaciones involucradas en la lucha. Las naves se reconstruirían, se capacitaría a los pilotos y el ciclo continuaría igual. Antes de unirme a los renegados podría haber estado allí con ellos, esperando mis migajas.

Ya no. Ahora tenía una profesión más activa. Claro, era peligroso, y era probable que me mataran antes de cumplir los cincuenta, pero prefería morir por culpa de una bala que de aburrimiento.

—Desactivando el campo e iniciando el salto —anunció Sigmond.

Agarré los controles manuales de los cañones cuádruples.

—Vamos allá.

La pantalla mostró que el campo estaba cayendo, haciéndonos vulnerables a la posibilidad de ser detectados.

—Preparando el salto —indicó Sigmond—. Seis segundos hasta la activación.

Asentí.

—Eso debería ser lo bastante rápido como para...

Antes de que pudiera terminar, dos asaltantes arnesios rompieron la formación y se volvieron hacia nosotros.

—Nos están escaneando —dijo Sigmond—. Están preparando las armas.

Dejé escapar un suspiro rápido.

—No puede decirse que no lo haya intentado.

Apunté con el retículo digital a la primera nave y apreté el gatillo una vez que el ordenador fijó bien el objetivo. El cañón cuádruple lanzó una serie de disparos rápidos a la nave enemiga, que perforaron la cabina y provocaron un agujero de seis metros, acabando con el piloto y haciendo que la nave flotara a la deriva como un pez muerto en un lago en calma.

De inmediato, me centré en la segunda nave y disparé otra ráfaga. Para mi sorpresa, uno de los disparos atravesó el centro del casco, partiéndolo en dos al instante y prendiendo fuego al núcleo. El motor de propulsión reaccionó de la única forma que sabía: explotando.

La nave se hizo añicos en innumerables pedazos de polvo inservible y se esparció en dirección al planeta.

El resto de mis disparos siguieron su trayectoria sin detenerse en la oscuridad del espacio. Algunos se dirigieron a la superficie del planeta, seguidos por los escombros de las naves destruidas, la mayoría de los cuales se desintegrarían antes de tocar el suelo. Mis disparos, sin embargo, continuarían hasta que encontraran algo en lo que impactar. Una parte de mí se preguntó si alguno de ellos llegaría a la finca de Emmerson, pero no me quedaría para averiguarlo.

Tenía cosas que hacer.

—Iniciando el salto —dijo Sigmond, y de repente todo el campo de batalla se desvaneció.

Mientras entrábamos en el túnel de salto observé la dimensión enterrada que funcionaba como carril rápido. Todavía nos faltaba por explorar la mayor parte del desliespacio, pero en algún momento habíamos descubierto cómo usarlo para transportarnos a grandes distancias. Viajar a través de él no era inmediato, en absoluto, aunque sí era más rápido que usar el espacio normal. En lugar de tardar siglos en viajar de un sistema estelar a otro, solo tenía que esperar unas pocas horas, tal vez días o semanas, dependiendo de la distancia entre los sistemas.

En aquel momento, tenía por delante seis horas estándar, minuto arriba o abajo. Eso me daba tiempo para echarme una siesta e ir al baño, y tal vez comerme un sándwich.

—Siggy, avísame antes de que salgamos. Necesito estar alerta cuando lleguemos.

Me recliné en mi silla para observar las luces a lo largo del túnel de salto. No tenía ni idea de lo que eran y tampoco me importaba. No era científico y me gustaba el misterio.

Me agaché y toqué el orbe de metal, que había asegurado con firmeza. Había arriesgado mi vida para rastrear, recuperar y entregar esa cosa.

Fuera lo que fuera, apostaba a que debía de tener algún tipo de valor, pero solo los dioses sabían si alguna vez me enteraría de cuál. Los análisis habían demostrado que era seguro, por lo que no se trataba de una bomba ni nada peligroso.

En el tiempo que llevaba en aquel negocio había hecho trabajillos para coleccionistas, así que sabía que aquella basura se vendía bien en el mercado. Los tontos como Emmerson pagaban millones para que los extrajeran del suelo y colocarlos en una habitación oscura, dando así un valor artificial a una baratija sin sentido. Si me preguntaban a mí, todo se reducía a alguien con demasiado dinero que gastar buscando más formas de derrocharlo.

Eso me venía bien, porque trabajos como aquel hacían que no me quedara en el paro.

A veces, ser un renegado significaba aceptar cualquier trabajo que pudieras conseguir, siempre que mantuvieras tu nave en el cielo. Significaba callar y cobrar.

Aparte de eso, nada más importaba.

CAPÍTULO 2

—DIEZ MIL CRÉDITOS —dijo Fitz mientras presionaba el pulgar contra la tablilla electrónica—. Ahora, dame el orbe.

—Aquí lo tienes —le dije, y se lo lancé.

Lo atrapó con ambas manos, justo sobre la flacidez de su barriga. Lo vi quedarse boquiabierto al estudiar los detallados diseños grabados en el metal.

—Maravilloso.

—Me alegro de que lo apruebes —dije.

—Ya lo creo. ¡Esto es genial! —Sonrió—. Ese tonto de Emmerson debe de estar muy cabreado en este momento. Espero que se esté tirando de los pelos. ¿Le viste la cara cuando te lo llevaste? ¿Estaba muy furioso?

—Era difícil de decir, con todos esos disparos.

—Apuesto a que mató a uno de sus hombres después de que te fueras. A veces lo hace —dijo Fitz entre risas.

—¿Tienes algún trabajo más para mí? —pregunté.

—¿Más? —preguntó Fitz—. No, ahora mismo no tengo nada más. Quizás en unas semanas. Ya sabes que las cosas van lentas en estos días.

«Mierda. Me habría venido bien otro trabajo».

—Claro —respondí.

—¿Por qué lo preguntas? ¿Sientes una picazón en el viejo dedo del gatillo?

—Tengo algunas deudas que saldar.

—Eso es una lástima —dijo Fitz con una sonrisa—. Deberías tomar mejores decisiones vitales.

—Dice el tipo que me ha contratado —comenté, ignorando su sarcasmo.

Me dedicó una sonrisa descarada.

—Tal vez sea así. Dime, ¿quieres saber qué has robado? —Levantó el orbe frente a mí.

—No particularmente —dije.

Se rio entre dientes antes de arrojarlo detrás de él.

—Bueno, en realidad no es nada. Me dijeron que era el juguete favorito de Emmerson. Recoge basura vieja y finge que es un tesoro. Cree que eso lo vuelve sofisticado o algo así.

El orbe rodó por el suelo y se detuvo cuando golpeó la base de su silla.

—Ah —dije.

—Cuando se entere de que lo tengo yo, se pondrá muy furioso. Espero que intente venir a por mí. ¿Te he contado lo que me hizo?

—Te robó tu territorio —contesté, con la esperanza de evitar lo que estaba a punto de decirme.

No tuve tanta suerte.

—¡Hizo más que eso! Yo era el único distribuidor de combustible X-92 para tres sistemas hasta que apareció él. Tenía el monopolio de más de treinta artículos de alta demanda. Y Emmerson llega y empieza a ofrecer precios más bajos en todo. ¿Te lo puedes creer? No tiene ni idea de con quién se está metiendo. Voy a...

Me di la vuelta y comencé a irme.

—Nos vemos, Fitz. Un placer hablar contigo.

—¿A... A dónde vas?

—Tengo que estar en otro sitio. Llámame si tienes otro trabajo.

Tragó y se recompuso con una gran sonrisa.

—Quizá te haga robar el resto de su colección la próxima vez. ¡Estaremos en contacto!

—Hasta luego, Fitz —dije mientras abandonaba su vestíbulo. «Maldito loco».

Cuando estuve fuera, cerca de mi nave, me toqué el comunicador del oído.

—Siggy, ¿cómo va mi dinero?

—Se han transferido diez mil créditos de varias cuentas fantasma a la suya —respondió Sigmond.

—¿Cuál es mi total después de la transferencia? —pregunté.

—Diez mil cuarenta y siete créditos.

—Espera un segundo. ¿Eso quiere decir que antes de esto solo tenía cuarenta y siete créditos en la cuenta? ¿A dónde ha ido el resto?

—A los costes del combustible y la reparación de la nave, así como la nueva cafetera que instaló.

Asentí.

—Todas eran cosas importantes.

—¿Incluido el café? —preguntó Sigmond.

—En especial el café —respondí, imaginándome con una taza en la mano y aspirando su delicioso aroma—. No tienes papilas gustativas, Siggy, así que estoy dispuesto a dejarlo pasar.

—Es usted muy amable, señor.

Cuando dejamos atrás el planeta, Sigmond me informó de que teníamos una llamada.

—¿De quién? —pregunté.

—Fratley Oxanos. Quiere hablar con usted sobre...

—Dinero —dije, acabando la frase—. Pásamelo.

Un segundo después, escuché varias voces en el comunicador, todas riendo y gritando. Parecía una fiesta.

—¿Hola? ¿Eres tú, Jace?

—Estoy aquí, Fratley —respondí.

—¡Ah! Eres un tipo irascible. Dime que tienes mi dinero.

—Estoy en ello. Acabo de hacer un trabajito y ahora voy a cobrar otro.

Escuché a la multitud vitorear, incluido Fratley.

—Eh, ¿has visto eso? ¡Menuda puntuación! Lo siento, Jace. Estoy ocupado con un partido. ¿Has dicho que tenías mi dinero? Porque esa es la única respuesta que quiero escuchar de ti.

—Todavía me quedan dos semanas para pagarte —le recordé.

Se rio.

—¡Ajá! Eso es correcto, aún las tienes. ¿Cómo podría olvidarlo? Sin embargo, espero que no lo retrases hasta el último minuto. Odiaría tener que rastrearte.

—Lo tendrás, Fratley. No te preocupes

—¡Eso es lo que me gusta escuchar, Jace! Ahora déjame en paz. He apostado en este partido y no pienso a perder.

La llamada se cortó.

—Supongo que ha colgado —murmuré.

—Parece que sí —dijo Sigmond.

Me recliné en mi asiento e intenté relajarme. Le debía a ese idiota cien mil créditos, que era mucho más de lo que tenía. Tendría que hacer algunos trabajos serios para obtener ese tipo de efectivo antes de la fecha límite. Incluso podría tener que vender mi nave.

Ese pensamiento me provocó un escalofrío en la espalda. Y una mierda. Dejaría que me cortara los dedos antes que entregarle la *Estrella*.

Si no hubiera aceptado ese préstamo, no estaría en una posición tan difícil.

Le había pedido prestado el dinero a Fratley hacía seis meses para pagar un dispositivo de camuflaje, que creía que me proporcionaría la ventaja que necesitaba en ese negocio para mantenerme en la cima. Había acertado a medias.

Tener un campo de invisibilidad ayudaba más de lo que jamás había soñado, pero no importaba lo útil que pudiera ser. Si no me llegaban trabajos, ¿de qué servía?

Hacía algún tiempo, el gobierno de la Unión había empezado a tomar medidas drásticas contra los renegados, lo que dificultaba aún más que los clientes nos encontraran en el mercado. Eso sucedía de vez en cuando, puede que una vez cada dos años, aunque nunca duraba. Usábamos una red privada dentro de la red galáctica para mantener la privacidad. A veces, los novatos de la Unión tenían suerte y traspasaban nuestra seguridad, y a veces llevaban a cabo un arresto, pero siempre era difícil mantenernos entre rejas. Ninguno de nosotros usaba nombres.

Solo códigos.

El mío cambiaba cada dos semanas.

Nuestra gente había logrado restablecer la seguridad en un día, aunque el daño ya estaba hecho. Gran parte de los clientes habían abandonado la red, dejándonos a mí y a todos los demás renegados sin trabajo. Todos volverían, como siempre que había sucedido aquello, pero no hasta dentro de unas pocas semanas más.

Hasta entonces, allí estaba yo, intentando aferrarme a todo lo que podía. A cualquier trabajo que me consiguiera los créditos que necesitaba para poder pagar lo que debía. A Fratley no le gustaba dar prórrogas, así que no podía contar con eso. Tendría que encontrar una forma de pagar la deuda antes de que se acabara el tiempo.

Por eso necesitaba ponerme en contacto con Ollie Trinidad, mi propio agente personal. Si alguien tenía un trabajo para mí, sería él.

Llegué a la estación Taurus y le ordené a Siggy que se ocupara de la *Estrella* mientras yo estaba fuera.

—Si cualquiera se mete contigo, ya sabes a quién llamar.

—¿A la estación de seguridad? —preguntó.

—No, me llamas a mí para que pueda meterles una bala en el culo. Los de seguridad solo se interpondrían en mi camino.

—Claro, por supuesto —dijo Sigmond.

Me fui directo al bar, dejando mi habitación para más tarde. No estaba lo suficientemente cansado o aburrido como para dar por terminado el día. No hasta que bebiera algo de alcohol.

El bar Percy estaba en la esquina del paseo marítimo, pero no era lo que se diría elegante. En todo caso, lo describiría como un montón de mierda que apenas se mantenía unida.

—¿Qué te pongo? —preguntó el camarero, un chico nuevo al que no reconocí.

—¿Dónde está Mort? —inquirí mientras tomaba asiento.

—¿No te has enterado? Mort murió hace unas semanas. Celebramos una cena conmemorativa. Colocamos carteles por toda la estación.

—Maldita sea —murmuré—. Siento habérmela perdido.

El hombre sacó una botella de ginebra y sirvió un vaso.

—Aquí tienes, amigo. Esta corre a cuenta de la casa.

Acepté el vaso, uno nunca rechaza una bebida gratis.

—Gracias, compañero.

Me quedé allí un rato, viendo pasar a la gente por el paseo marítimo con bolsas de la compra y enfrascada en conversaciones ajetreadas. Solo había un puñado de personas en el bar, probablemente porque era solo media tarde.

—Hemos recibido un informe sobre el ataque al senador Gibson —dijo una voz masculina que me llamó la atención.

Me volví para ver la cadena de noticias de la Unión en la pantalla de visualización. El presentador, a quien reconocí como Quintin Dallas, era un reportero bien afeitado, con cabello castaño, de unos treinta y cinco años. Como cualquier otra persona en la televisión convencional, Quintin no era más que un portavoz del gobierno de la Unión que arrojaba propaganda a cada paso.

Tomé un sorbo de mi bebida mientras prestaba atención.

—Parece que el asesino irrumpió en un centro de investigación especial para atacar y matar al senador Gibson, probablemente debido a su afiliación con el movimiento político Nuevo Amanecer, que tiene como objetivo tomar medidas enérgicas contra la seguridad fronteriza a lo largo de las Tierras Muertas. Las Tierras Muertas, para aquellos que no estén familiarizados con el término, denominan el borde del espacio controlado por la Unión entre el sistema Osiris y la nebulosa Velos. Desde la cadena de noticias de la Unión advertimos a todos los ciudadanos de la Unión que informen a su representante local de cualquier sospecha...

La pantalla de visualización se apagó.

—Odio a ese imbécil —dijo el camarero—. No hace más que soltar mentiras. Solo tenía puesto ese canal por el partido, antes de esta mierda. ¿Sabes? Ese senador del que está hablando era corrupto. He oído que era el tipo detrás del proyecto de ley que pedía todos esos arrestos hace unos meses.

—¿Arrestos? —pregunté.

—El gobierno fue y se apoderó de un montón de planetas cerca de la frontera. Arrestaron a cualquier persona con autoridad o con cualquier orden judicial pendiente. Uno de ellos era mi cuñado. He oído que ahora está trabajando en una colonia minera. Esos políticos no son más que ladrones, en mi opinión.

Asentí con la cabeza, luego me bebí el último trago de alcohol y volví a dejar el vaso en la barra. Transferí mi pago a su cuenta, así como una buena propina.

—Gracias por la bebida —le dije—. Nos veremos la próxima vez que venga.

—Mantente a salvo, amigo —dijo mientras limpiaba la barra con un trapo sucio.

Me despedí con la mano y me dirigí hacia la multitud que había en el paseo marítimo, luego me abrí paso hacia el otro extremo. Mi siguiente parada sería el departamento de repuestos, y a eso seguiría una visita al centro de combustible de la estación y luego a casa de Ollie. Era mi rutina cada vez que volvía de un trabajo. Esa era la parte que más odiaba de ser un renegado.

Registros y papeleo, pero tal vez Ollie tuviera algo divertido para mí: otra operación de contrabando o algo que implicara un robo. Cualquiera que fuera el caso, estaba listo para lanzarme al cielo de nuevo.

Capítulo 3

—Aquí tienes, Jace —dijo Ollie, sacudiendo una tablilla electrónica delante de mi cara—. Dos mil créditos, el último pago de ese trabajo que hiciste hace dos semanas para Antonio Ariguellio.

Le quité la tablilla de la mano y examiné la transacción. Los fondos se habían enviado directamente a mi cuenta; una que no estaba vinculada a mi nombre real, por supuesto.

—Estupendo. Ahora por fin puedo permitirme pagar por un buen trozo de carne en esta estación.

—¿Te refieres a Jarro's? —preguntó mientras enarcaba una ceja—. Estoy bastante seguro de que ha cerrado.

Abrí los ojos como platos.

—¿Qué?

—Sí, he oído por ahí que el dueño tuvo algunos problemillas de dinero. Pidió un préstamo a los tipos equivocados, ¿sabes? —Soltó una risa nasal—. Oye, probablemente fueran tipos como yo.

Maldije entre dientes y le devolví la tablilla.

—No te engañes, Ollie. No eres tan amenazante.

Empezaba a irme cuando levantó un dedo.

—Espera, tengo otro trabajo.

—¿Sí? —dije, haciendo una pausa.

—Dos, en realidad. —Echó un vistazo a su tablilla—. Antonio otra vez. Ha preguntado por ti específicamente.

—¿De qué se trata?

—No estoy seguro de que vaya a gustarte —dijo mientras hacía una mueca con los labios.

Por su expresión, me di cuenta de que era probable que tuviera razón. Ollie me conocía mejor que nadie, por mucho que me doliera admitirlo.

—Cuéntamelo y ya está.

—Parece que su exmujer lo ha abandonado, por lo que está preparando un golpe. Está bastante seguro de que ha huido a alguna parte de las Tierras Muertas. Parece que le robó algo de dinero y se escapó con su guardaespaldas. Paga treinta mil créditos.

—¿No tiene un hijo? —pregunté.

Dudó un segundo y luego asintió.

—Eso también sale aquí. Antonio quiere que saques al chico. Él...

—Paso—dije sin dudarlo—. Sabes que no me meto si hay niños de por medio, Olli.

Él asintió.

—Lo sé, pero tenía que decírtelo. Es mi trabajo.

—¿Que más tienes?

—Solo una cosa más. —Metió la mano debajo del mostrador y sacó otra tablilla—. Es un trabajo de escolta. Para llevar a una mujer a Arcadia.

—¿Ese no es el planeta de los sacerdotes?

—La Iglesia del Mundo Natal, creo —contestó Ollie, tratando de recordar—. Sí, esos son. La mujer tiene un cargamento que necesita entregar allí.

Me incliné sobre el mostrador y miré al hombrecillo a los ojos.

—¿Quieres que lleve a una loca de vuelta a su secta? ¿Qué concepto tienes de mí?

Levantó las manos.

—Oye, te acabo de comentar los trabajos, Jace. No me culpes si no te gustan. —Dio la vuelta a la tablilla. Me di cuenta de que la mujer tenía un rostro atractivo, aunque su ropa ocultaba el resto. Llevaba una de esas túnicas grises holgadas con un velo sobre el pelo, algo estándar para una miembro de la Iglesia, por lo que yo sabía. Había visto a algunos de esos locos en las noticias protestando contra el gobierno, pero quién sabía por qué—. Vamos, Jace. ¿Qué va a hacer una niña como esta? Además, parece dinero fácil. Cinco mil créditos. Y encima es agradable a la vista.

—Parece una pérdida de tiempo —dije, apartando la tablilla—. ¿Qué más tienes?

Deslizó la pantalla hacia un lado, frunciendo el ceño.

—Pues parece que no ha entrado nada todavía.

—¿Solo tienes esto? —pregunté.

—Ha sido una semana lenta. ¿Qué puedo decir? —Sonrió, mostrando sus dientes torcidos.

Maldije de nuevo.

—Vale, mándamelo. —Lo miré a los ojos—. Será mejor que no me traiga problemas.

—Oye, yo no hago promesas. Solo te envío los trabajos, ¿recuerdas? —preguntó, todavía sonriendo.

—Claro —dije, arrebatándole la tablilla de las manos. Toqué la pantalla con el pulgar para aceptar el trabajo—. Dile que se reúna conmigo mañana en mi nave y encuéntrame trabajos mejores mientras no estoy.

—Cuenta con ello, Jace. Cualquier cosa para mi mejor hombre —dijo.

Ollie era dueño de una tienda de suvenires en el paseo marítimo que también funcionaba como Oficina de Recompensas para Renegados (ORR). Toda la estación era una parada habitual para los turistas que regresaban del sistema Lenidas, lo que permitía a Ollie cobrarles de más por baratijas hechas a toda prisa. Todo lo que había en la tienda era chatarra pura, pero los ejecutivos de vacaciones con demasiado dinero estaban ansiosos por comprarla, probablemente para exhibirla ante todos sus amigos mimados.

Sin embargo, les salía el tiro por la culata. La mitad de esa chatarra salía directamente de los contenedores de basura de la estación, solo para ser limpiada y reparada con un poco de alambre y pegamento. A Ollie le encantaba la idea de que sus juguetitos de chatarra estuvieran colocados en cientos de repisas, como si fueran piezas de arte exóticas. Era muy gracioso.

A pesar de todo eso, Ollie seguía siendo el único agente ORR fiable en seis sistemas. Había tenido desacuerdos con una buena parte de ellos, pero jamás con él. Él siempre jugaba limpio conmigo, nunca intentaba robarme o aprovecharse de mí.

Ojalá pudiera decir que hacía todo eso por ética, pero creo que valoraba su vida. Sabía que en cuanto intentara timarme, lo enterraría.

Eso hacía que lo respetara, a pesar de ser un delincuente que vendía basura a los ricos.

Salí de la pequeña tienda de Ollie y comí en un lugar llamado Sal's, en la zona de restaurantes. Insatisfecho con la lamentable imitación de sándwich, me bebí media docena de cervezas y volví a mi casa, una estancia del tamaño de los armarios de la mayoría de las personas. Tenía espacio suficiente para una cama, una cómoda, un escritorio pequeño y poco más. No es que me importara. Mi trabajo me mantenía alejado la mayor parte del tiempo.

Además, cuando tienes una casa grande, te sientes cómodo y no quieres irte. Te vuelves perezoso y gordo, ves demasiado entretenimiento, te vuelves aburrido. No, ni hablar.

Prefería mi nave y un trabajo, gracias.

Mi habitación olía a pan rancio cuando abrí la puerta. Debía de haberme olvidado de limpiar cuando había estado allí por última vez. No importaba. No me quedaría mucho tiempo.

Me toqué la oreja.

—Siggy, ¿estás ahí?

—Siempre, señor —dijo Sigmond.

—Parece que mañana tenemos un nuevo trabajo. Haremos de escolta. Debería ser rápido y sencillo. Ahora te envío las coordenadas.

Introduje el código de acceso a la bandeja de entrada digital de mi nave y transferí los datos.

—Recibido. Procesando los datos —dijo Sigmond—. ¿Cuándo debo esperar su regreso?

Tenía la cabeza empañada por el alcohol y me sentía cansadísimo. De ninguna manera me levantaría antes de las nueve de la mañana.

—A media mañana —respondí—. Llámame si no me despierto a las diez.

—Haré sonar la alarma —dijo la IA.

Tiré la tablilla sobre la cómoda y me senté en la cama, hundiéndome en el pequeño colchón. Tendría que irme al día siguiente para aquel trabajo. Escoltar a una lunática religiosa hasta su secta. No era el trabajo más emocionante del mundo para un renegado, pero era bastante simple.

Me encontré con Ollie en la compuerta de mi nave.

—Buenos días, Jace —dijo con alegría.

—¿Dónde está la monja? Terminemos con esto —dije.

—Nunca has sido una persona mañanera, ¿eh? —preguntó Ollie—. No te preocupes, ya está dentro de la nave. Siggy le hace compañía.

Cerré el puño, listo para inculcarle algo de sentido común a golpes.

—¿Has dejado entrar a una extraña en mi nave? ¿Qué narices te pasa?

Se rascó la oreja y esbozó una sonrisa incómoda.

—Le he dicho que era una mala idea. Incluso le he dicho que te enfadarías, pero ella me ha dicho que cuanto antes subiera a bordo, más rápido podríais iros.

—No me importa si tardamos medio día en salir de esta maldita estación, nunca dejes que nadie suba a la *Estrella* sin que yo esté aquí. ¿Me has entendido, Ollie?

—Sí, sí, lo he pillado. Pero en serio, Jace, es despampanante. Tienes que verla. —Arqueó una ceja y me miró con complicidad.

—Ollie, te juro por los dioses... —Pasé junto a él y atravesé la compuerta.

—¡Te veré a la vuelta! —me gritó Ollie detrás de mí.

Miré hacia atrás mientras caminaba.

—Hasta luego, colega.

—Buenos días, señor —dijo Siggy una vez que entré en el pasillo interior.

—¿Dónde está nuestra pasajera? ¿En el salón?

—En la bodega de carga, en realidad —dijo Sigmond.

—¿Por qué?

—La señorita Pryar desea permanecer cerca de sus pertenencias.

—¿Pryar? —dije—. ¿Se llama así?

—Sí, señor. ¿Ha leído el informe?

—Claro, las secciones importantes. Su nombre no formaba parte del trabajo.

—Si usted lo dice, señor. ¿Quiere que le diga que se encuentre con usted en el puente?

—No —dije, pasando por el salón—. Quiero ver lo que lleva.

Mi nave no era enorme, pero tenía suficiente espacio para albergar a varias personas y una buena cantidad de carga. Dependiendo de quién fueras y de dónde vinieras, la *Estrella Renegada* era enorme y preciosa o un montón de chatarra flotante en llamas. Fuera como fuera, no me importaba. Mi bebé me mantenía con vida y cumplía con el trabajo.

El trayecto desde la compuerta hasta la bodega de carga fue corto. No dije nada mientras bajaba las escaleras hacia donde esperaba la monja. Estaba de pie junto a una gran caja de aspecto sencillo.

—Tú debes de ser la monja —le dije sin rodeos.

Se volvió para mirarme, vestida con las mismas prendas de la foto que había visto en la tienda de Ollie. Todavía le cubrían la mayor parte del cuerpo, manteniendo su cabello fuera de la vista.

Sin embargo, lo que dejaba que la gente viera era precioso. Ojos grandes, castaños, nariz fina y tez clara. Era una mezcla de belleza natural y unos cuidados adecuados. Me pregunté, por un breve instante, qué aspecto tendría con un atuendo normal.

—Usted debe de ser el matón —se burló, dándome la espalda—. ¿Nos vamos? Me gustaría partir lo antes posible.

—Que hayas irrumpido en mi nave ya me ha dado esa sensación.

—No he irrumpido en ninguna parte. Su jefe me ha dejado entrar. Además, ¿prefiere que me tome mi tiempo o quiere acabar con esto y que le paguen?

Emití una risita despectiva.

—¿Acabas de decir que Ollie es mi jefe?

—¿No es así? —preguntó.

—Ese pequeño enano no es jefe de nadie más que de él mismo. Yo soy un profesional independiente.

—Llámese a sí mismo como quiera. Ahora, ¿podemos irnos?

Eché un vistazo a la enorme caja que había a sus pies. Medía unos dos metros de largo y medio metro de ancho.

—¿Qué hay en la caja?

—Suministros para mi iglesia —respondió con franqueza.

—¿Te importaría abrirlo? —pregunté.

Abrió los ojos como platos.

—¿Disculpe?

—¿Pasa algo? —Caminé hacia el lateral de la caja—. No puedo cargar con esto a menos que sepa lo que es.

—Eso no es posible.

—¿Porqué no?

—Dentro hay productos perecederos. Si rompo el sello, se estropearán en unos días. El sello tiene que permanecer intacto hasta que llegue a casa.

—Entonces, ¿es comida? ¿Eso es lo que llevas?

—Alimentos y medicinas —explicó—. Nuestra congregación hizo un pedido y me mandaron a llevarlo de vuelta. —Metió la mano en el bolsillo lateral y sacó una tablilla—. Puede ver el registro del pedido aquí.

Cogí el dispositivo y lo leí. El documento parecía auténtico, por lo que pude ver.

—Parece correcto —dije, devolviéndoselo—. Está bien, toma asiento en el salón mientras yo nos saco del muelle.

—Con el debido respeto, prefiero esperar aquí hasta que lleguemos.

—¿Quieres quedarte en la bodega de carga? ¿Para qué?

—Me tomo mi trabajo muy en serio. No puedo dejar los suministros de la iglesia desatendidos.

Me reí.

—¿Crees que alguien va a robarte la caja? Te das cuenta de que solo estamos tú y yo en esta nave, ¿no? Esa caja no va a ir a ninguna parte.

—Aun así, me quedo aquí.

—Vale, entonces puedes buscarte otra nave—dije.

—¿Cómo dices?

—Aquí no hay asientos, lo que significa que no hay arneses de seguridad. Si sales volando y te golpeas la cabeza, ¿qué se supone que debo hacer? Tendría que lidiar con un montón de papeleo, sin mencionar el lío que dejarías atrás.

—No puedo simplemente...

—Si vuelas conmigo, sigues las reglas. Mete el culo en el salón o coge tu caja y vete. O lo uno o lo otro. No hay concesiones.

Ella miró la caja, claramente preocupada.

—No puedo esperar a otra nave.

—Haz lo que te digo y no tendrás que hacerlo. Ese es el precio de la admisión a bordo.

Ella hizo una pausa.

—De acuerdo. Esperaré en el salón, pero solo hasta que salgamos de la estación. Eso es aceptable, ¿no?

—Lo que gustes, chica. Pasa todo el tiempo de viaje que quieras aquí, pero no al despegar o aterrizar. —Negué con la cabeza y me volví para irme—. Parecen un montón de problemas solo por una ridícula caja, en mi opinión.

CAPÍTULO 4

—NOS ALEJAMOS DE la estación Taurus, señor —informó Sigmond—. Poniendo rumbo al sistema Arcadia.

—Genial, ahora ocupémonos de nuestra pasajera —dije, desactivando la señal de seguridad en el salón. Para mi sorpresa, a la monja no se la veía por ningún lado.

—Ya se ha puesto en marcha, está volviendo a la bodega de carga —me informó Sigmond.

La pantalla cambió automáticamente para mostrar la ubicación de la mujer. Ahora estaba de pie junto a su caja, firme, controlándola.

—Está loca, ¿verdad? —dije mientras la observaba.

—Le ha dicho que podía regresar una vez que saliéramos de la estación. Ha permanecido sentada hasta que nos hemos alejado.

—¿De qué lado estás tú? —pregunté.

—Mis disculpas —dijo la IA.

La verdad era que no tenía ninguna razón para ordenarle que se quedara sentada en el salón, pero siempre que llevaba un nuevo pasajero a bordo, me proponía dejar las cosas claras desde el principio. Tenían que saber que yo estaba al mando, en caso de que algo saliera mal. Quizá los motores explotaran. Quizá nos viéramos envueltos una pelea desagradable. Cualquiera que fuera el caso, tenían que hacer lo que yo dijera. La mejor manera de hacer que eso sucediera era dejar clara mi autoridad desde el principio.

Por suerte para la monja, no preveía ningún inconveniente importante. El viaje era directo desde la estación Taurus a Arcadia, menos de dieciséis horas estándar de la Unión. Llegaríamos allí en un día. Para mí sería un trabajo rápido de entrada y salida, lo cual me venía como anillo al dedo.

Después de que desembarcara, llamaría a Ollie y vería si había algún otro trabajo. Si no había ninguno, tendría que presentar solicitudes a todos los demás agentes que conociera, lo cual no era algo que hiciera muy a menudo. Si eso fallaba, tendría que pensar en otra cosa. «Esperemos que no llegue a eso», pensé.

Observé a la monja en el vídeo mientras estaba de pie, casi inmóvil, como una estatua guardiana junto a su valioso cargamento. Estaba seguro de que estaba mintiendo sobre su contenido. Lo había visto en su rostro cuando me había contado esa historia. Fuera lo que fuese lo que había allí, no se trataba solo de comida y suministros médicos.

—Siggy, mira a ver si puedes escanear la carga de nuestra nueva amiga.

—Procedo al escaneo. Será solo un momento.

Tamborileé con el dedo sobre la consola. Nunca antes había trabajado con personas religiosas. La única exposición que había tenido a cualquier iglesia había sido cuando era un niño sin hogar en Epsy. Recordé a un sacerdote llamado Shiggorath que caminaba por la ciudad, repartiendo folletos. Primero me había ignorado y luego me había condenado cuando le pedí algo de su almuerzo, y eso no me había sentado bien. Después de seguirlo a casa, había esperado a que se fuera, luego había irrumpido y tratado de robar todo lo que había podido encontrar. Me metieron en un centro de detención de menores al día siguiente.

Después de eso no había tenido que volver a preocuparme por la comida o la ropa durante dos años. Incluso me habían enseñado a leer y escribir. Bien mirado, no había sido un mal negocio.

—Escaneo completo —dijo Sigmond, arrancándome de mis pensamientos—. No hay resultados.

Me incliné hacia delante en mi asiento.

—¿Qué quieres decir?

—La caja está forrada con una capa ultrafina de neutronio, lo que me impide examinar su carga.

—¿Acabas de decir neutronio? —pregunté.

—En efecto, señor.

Me quedé boquiabierto mientras estaba allí sentado, mirando a la monja y su caja. El neutronio era un tipo de metal excepcionalmente raro, utilizado sobre todo por la Unión con fines militares y de investigación. La mayoría de los escáneres ni siquiera podían distinguir la diferencia que había entre el neutronio y el acero normal, pero cualquier renegado que se preciara mantenía sus registros actualizados, por si acaso sucedía algo como aquello. Nunca se sabía qué información sería útil en una misión.

Quienquiera que fuera la mujer que había en mi nave, lo que estaba claro era que no se trataba de una monja normal. No si tenía acceso a neutronio, de entre todas las cosas.

—¿Tenemos alguna forma de atravesar el metal? —pregunté.

—No existe ningún método conocido, según mi base de datos. Podría buscar más información en la red galáctica, si lo prefiere —dijo Sigmond.

—No, olvídalo —respondí.

Me senté allí durante un largo rato, debatiendo qué hacer. Después, me puse de pie y comencé a irme.

—Siggy, espera para realizar otro escaneo, pero estate atento a mi señal. Usa el auricular. —Me toqué un lado de la cabeza—. ¿Entendido?

—Por supuesto —dijo la IA, y esa vez escuché su voz en mi oído.

—Es hora de ir a ver lo que nuestra pasajera está intentando ocultar.

Entré en la bodega de carga y vi a la monja junto a su preciada caja, de pie y en silencio, con las manos delante de la cintura.

—Veo que no podías esperar a volver aquí —dije mientras bajaba las escaleras hasta la plataforma inferior.

Ella se volvió, con una mirada de sorpresa en el rostro.

—Ha dicho que podía...

—Sé lo que he dicho. Quédate con tu caja. Haz lo que quieras. Solo mantente alejada de mis cosas, ¿queda claro? —Señalé la pila de suministros en la parte trasera de la bodega—. Tengo muchas cosas importantes aquí abajo, monja.

—Me llamo Abigail —dijo.

—Si tú lo dices —respondí a la vez que caminaba hacia mi casillero personal y lo abría. Saqué un sombrero viejo, que procedí a usar—. Queda bien, ¿verdad?

—Se lo aseguro, no tengo ningún interés en sus cosas —dijo, alejándose de mí. Se quedó allí un momento y luego miró la caja.

Devolví el sombrero y cerré el casillero. Apoyado contra una viga de metal cercana, me crucé de brazos y observé su túnica marrón y gris.

—¿Te importa si te hago una pregunta?

—¿Qué? —dijo ella, claramente distraída.

Me metí la mano en el bolsillo y saqué un trozo de caramelo, luego volví a guardar el resto. Todo el mundo tiene un vicio. El mío eran esos caramelos duros con sabor a fruta que hacían para ancianos y niños.

—He dicho que si puedo hacer una pregunta, señora.

—Ah —dijo cuando al final lo entendió—. Supongo que sí.

—¿Por qué todo este rollo de la iglesia? —pregunté, chupando el delicioso dulce de cereza.

—¿Perdón? —preguntó ella, casi ofendida.

—Lo de la iglesia. Sea lo que sea esto. —Señalé todo su atuendo—. ¿Qué historia se esconde ahí?

—No estoy segura de saber a qué se refieres. Soy una devota seguidora de la iglesia. Mi misión es servir a las enseñanzas de nuestra orden lo mejor que...

—Sí, todo eso lo entiendo —le dije, agitando la mano en su dirección—. Estoy preguntando, ¿por qué? ¿Qué hace que alguien se una a la iglesia? —Mordí el caramelo y lo rompí—. Tu iglesia está en medio de las Tierras Muertas. Lo leí anoche. La mayoría de la gente ni siquiera la considera una religión real. ¿Cómo es que una chica como tú se ha visto envuelta en una organización tan de chiflados?

—¿Cómo dice? —dijo, mientras su mirada cambiaba de confusa a ofendida—. ¿Qué derecho tiene a hacerme tales preguntas? No es más que un bandido.

—Lo soy, es cierto. —Me reí del insulto—. ¿Sabes qué? No importa. No es asunto mío.

Volvió a mirar la caja sin decir nada.

—Supongo que te dejaré tranquila —dije, y comencé a irme—. Aunque tengo otra pregunta, si me puedes dedicar un segundo.

Ella ni se molestó en mirarme.

—¿Qué?

Me tragué lo que quedaba del caramelo.

—¿Qué está haciendo una mujer como tú con neutronio?

Se quedó paralizada, sus dedos se tensaron ante la mención de la última palabra. Sabía exactamente de lo que estaba hablando, sin duda. Tenía que entender lo que aquello parecía.

—Estoy esperando —dije.

Al fin se dio la vuelta. Su rostro estaba serio, más que antes.

—No sé a qué se refieres.

Examiné la caja antes de volver a mirarla.

—¿Es eso cierto?

Ella asintió con la cabeza, despacio.

—Tu caja está forrada con uno de los materiales más raros de la galaxia, ¿pero no sabes nada al respecto?

—Incluso si lo supiera—dijo—, no es de su incumbencia.

—El caso es que, normalmente, me sentiría inclinado a estar de acuerdo contigo —dije, dando un paso a la derecha, acercándome a la caja—. Pero ahora mismo, creo que me has mentido cuando has subido a esta nave. Estoy pensando que lo que sea que haya en esa caja, no es comida ni medicina. —Di otro paso—. Creo que es algo de lo que debería estar al tanto.

—He dicho la verdad. Compré esta caja en una tienda de Cretos. No tenía ni idea...

Un ligero golpeteo llenó la bodega de carga y me quedé paralizado. Era muy tenue, pero también cercano.

—¿Va todo bien? —preguntó la monja.

Levanté un dedo para callarla.

Ploc. Ploc. Ploc.

Ploc. Ploc. Ploc.

Abigail y yo establecimos contacto visual justo cuando mi mano se deslizó hacia mi funda. Agarré la culata de la pistola.

—¿Qué es eso? —murmuré, mirando la caja.

Ploc. Ploc. Ploc.

La monja abrió los ojos como platos.

—¡Nada!

—No suena como nada —dije, dando un paso adelante.

—¡Espera un segundo! —insistió, extendiendo las manos.

—Hay algo dentro de esa cosa, ¿no es así? —pregunté mientras desenfundaba mi arma, aunque sin apuntar.

—Es un animal —espetó.

—¿Es eso cierto? —la interrogué.

—Por favor, déjalo en paz —suplicó Abigail—. No...

Levanté el arma y se la mostré.

—Sigue poniéndome a prueba. Lo juro, no me lo pensaré dos veces antes de arrojaros al espacio a ti y a tu extraña caja. —Empujé el arma hacia delante, haciendo un gesto con el cañón—. Atrás.

Ella hizo lo que le ordené, dándome espacio.

—¡Por favor, no hagas nada precipitado!

—Intenta cualquier cosa y ya verás lo que hago —le dije. La caja tenía un mecanismo de bloqueo con un panel táctil—. ¿Cuál es el código?

—Por favor, no puedes abrirla. No es...

Golpeé el lateral con mi pistola.

—He dicho que cuál es el código. No me hagas volver a preguntarlo.

—No es ese tipo de cerradura —dijo con nerviosismo.

—Entonces, ¿de qué tipo es?

—Tú... necesitas mi huella digital. Soy la única que puede abrirla.

Bajé el arma y le indiqué que avanzara.

Se acercó a mí y a la caja, luego se inclinó para mirar la cerradura.

—Uy, esto no es bueno —dijo—. Algo va mal.

—¿De qué estás hablando? Abre la maldita caja —dije.

Ella levantó una mano con frustración.

—¡No puedo! Míralo tú mismo.

Me incliné para ver qué estaba señalando. La pantalla parecía exactamente igual que antes.

—No veo nada...

Antes de que pudiera pronunciar las palabras, una mano voló y me agarró la muñeca para apartarla hacia un lado. Al mismo tiempo, sentí un pinchazo en el estómago.

Abigail se movió con rapidez, dándome poco tiempo para reaccionar. La saliva se me escapó volando de la boca cuando me golpeó, y jadeé.

Con la monja de pie y sosteniéndome la muñeca, me incliné hacia delante para meter la rodilla en su abultada túnica y golpearla en el pecho. Ella encajó el golpe como una bestia, sorprendiéndome, y trató de ir a por mi cuello.

Usé mi única mano libre para agarrar la suya. Luchamos el uno con el otro, mano a mano.

—¿Qué clase de monja eres? —me resistí. Usando mi peso, la empujé hacia abajo y la tendí sobre la espalda. Ella no gritó ni lloró, pero mantuvo esos ojos decididos fijos en mí.

—Eres bastante dura —le dije, inmovilizándola.

—¡Suéltame! —me increpó.

—No hasta que abras la caja —le dije.

Trató de colocar la pierna debajo de mí, pero usé la rodilla para bloquearla.

En ese momento, escuché un clic detrás de nosotros, proveniente de la caja. Miré y vi que la tapa se abría, dejando escapar un montón de condensación.

Fue entonces cuando sentí que la mano de la monja se soltaba de la mía y me golpeaba directamente en la mejilla. Se me entumeció la cara por la bofetada y me quedé sorprendido un momento.

—¡Suéltame! —exigió, y por alguna razón, lo hice.

Soltó mi otra muñeca y corrió hacia la caja, dejándome con la cara roja y sentando sobre el trasero. Todavía tenía mi pistola, aunque no la tenía levantada.

Abigail abrió del todo la tapa de la caja, dejando que una nube de vapor se elevara en el aire. Me puse de pie y me incliné hacia delante para estudiar el contenido del cargamento. Para mi sorpresa, vi una figura, una chica de cabello blanco, piel pálida y ojos azules, respirando de manera estable. Un tubo grueso le salía de la boca y corría hacia la parte posterior de la caja.

La monja le sacó el tubo de la boca y la garganta a la niña. Ella respondió tosiendo de forma errática. Una baba verde le goteaba de la nariz, un resto de los tubos.

Abigail la ayudó a sentarse y comenzó a frotarle la espalda hasta que vomitó el contenido de su estómago. Era habitual en los pacientes sometidos a criosueño, aunque solo lo había visto un puñado de veces. El criosueño no era común, excepto en situaciones médicas extremas.

—¿Te apetece contarme qué narices está pasando? —pregunté, todavía empuñando mi pistola. No la usaría contra una niña indefensa, pero enfundarla sería una estupidez.

La monja no respondió. Pasó el dedo por el pelo de la niña y se lo colocó detrás del hombro. Con la manga de su túnica, le limpió la boca y la nariz.

—Ya está, ya está —susurró.

La niña albina se estremeció de frío, con los ojos medio cerrados por el sueño. Abrió la boca para decir algo, aunque sonó tan débil que no pude oírlo.

—¿Has oído lo que he dicho? —pregunté—. ¿Quién es esa? Será mejor que empieces a hablar, mujer.

—Se llama Lex —dijo Abigail.

La niña se humedeció los labios.

—¿Lo hemos logrado? —preguntó, su voz por fin audible.

Abigail negó con la cabeza.

—Lo siento. Todavía no.

—¿Por qué estoy despierta?

La monja se volvió hacia mí.

—¿Puedes traer una manta, por favor?

—No hasta que me digas qué narices está pasando —espeté.

El fuego en los ojos de Abigail se había disipado, reemplazado por una dulzura que no había visto antes.

—Por favor —suplicó de nuevo, con nada más que preocupación en su voz.

Me quedé allí, sin saber qué hacer. Observé a la chica frente a mí. No podía tener más de diez años. No importaba qué circunstancias la hubieran llevado a estar en esa posición, no importaba cuán escandalosa fuera la historia, el hecho era que solo era una cría.

Fui al casillero más cercano y saqué una manta, luego se la entregué a la monja.

—Ten.

Ella la tomó y envolvió con ella a la niña semidesnuda.

—Gracias.

Con la mano todavía en la pistola, me apoyé contra la pared del fondo, observándolas a las dos.

La niña se inclinó hacia el pecho de Abigail. Mientras le envolvía el costado con la manta, pude ver el contorno de una marca, no, una serie de formas azules a lo largo del costado de la niña. Parecían tatuajes.

—Será mejor que empieces a hablar —le dije.

—Es complicado —dijo Abigail—. Y, francamente, no es asunto tuyo.

—Si subes a una chica congelada a mi nave, se convierte en asunto mío.

Ella me ignoró y miró a Lex en su lugar.

—Lo siento, pero la cerradura se ha roto. Tendrás que permanecer despierta hasta que lleguemos.

—¿Estaré segura si lo hago? —preguntó la niña.

—Te prometo que sí—dijo Abigail.

—Espera un segundo —le dije—. No vayas a hacerle promesas así a una niña. Estoy a punto de dejaros a los dos en la estación más cercana que encuentre. Joder, tal vez vuelva a Taurus y te deje donde te encontré.

Abigail frunció el ceño.

—¿Qué pasa con nuestro acuerdo? La única razón por la que te contraté fue porque los renegados llevan a cabo cualquier trabajo que se les ofrezca.

—No estoy seguro de dónde sacas tu información, señorita, pero cada renegado es diferente. Hay trabajos que acepto y hay trabajos que no.

—¿Entonces no nos ayudarás? —preguntó.

—Mira, ni siquiera es porque mintieras —dije—. En realidad, eso no me importa. Solo quería asegurarme de que no llevaras una bomba o algo así. —Hice un gesto hacia la chica—. Pero tienes una niña escondida en una caja. ¿Qué se supone que debo pensar?

—No es eso —insistió.

Lex tosió y me miró con una expresión agotada.

—Por favor, no seas malo con Abby.

—¿Abby? —dije, mirando a la monja.

Los dos me devolvieron la mirada. Podía sentir su desesperación. La necesidad de sobrevivir, de seguir adelante. Si no las llevaba a casa, era posible que no tuvieran una segunda oportunidad.

La verdad era que ya había decidido no echarlas, pero no tenían por qué saberlo. Dejé que se preocuparan unos segundos más por lo que el desalmado del renegado estaba a punto de hacer.

—Cuéntamelo todo —le dije, enfundando mi pistola—. Hazlo y tal vez os lleve el resto del camino.

—Es complicado —dijo Abigail.

Me burlé.

—Una monja luchadora mete de contrabando a una niña congelada en mi nave y me dice que es complicado. Señora, ¿cuánto peor se puede poner?

Capítulo 5

Resultó que mucho peor.

—Repíteme eso, una vez más —dije, tratando de procesar lo que acababa de escuchar—. Porque ha sonado como si dijeras que te persigue la Unión.

—Es correcto —dijo Abigail.

—La Unión —repetí—. El gobierno más grande y expansivo en treinta y dos sistemas. El que tiene la flota militar más avanzada del espacio conocido. ¿Esa Unión?

Ella asintió.

—¿Qué hiciste para cabrearlos? ¿No se supone que eres una mujer santa? O tal vez seas una especie de asesina, con todos esos movimientos que me has enseñado hace un minuto.

Abigail se puso de pie.

—Soy un montón de cosas, capitán.

—Eso está claro —comenté.

Quería darme la vuelta y alejarme de ella en ese momento, y tal vez debería haberlo hecho, pero también quería felicitarla. Yo no era un fanático de la Unión, ni mucho menos. Me dificultaban el trabajo todos los meses con todas sus regulaciones sin sentido y las nuevas leyes que invadían de forma constante el espacio de las Tierras Muertas y otros territorios que se suponía que no estaban bajo su jurisdicción. Parte de la razón por la que alguien vivía en esos sectores era para evitar su supervisión excesiva, solo que la Unión siempre estaba presionando. Siempre amenazaba con entrar y acabar con todos nosotros.

Ser un renegado, un forajido, nunca había sido tan difícil como en aquel momento. No cuando la dictadura más grande del universo había decidido decirle a la gente cómo vivir sus vidas, incluso aunque no formaran parte de su imperio. Algunos creían que esos bastardos no tardarían mucho en consumir a toda la humanidad bajo su alcance unificado. Todos los hombres y mujeres libres, todos los renegados y colonias independientes, terminarían siendo nada más que esclavos de la Unión, probablemente en los próximos años.

Si eso sucediera, tendría que cambiar de nombre y buscarme una nueva carrera.

Quizás algo en agricultura. Siempre me había gustado la agricultura.

—Mira —comenzó a decir, pero se detuvo y miró a Lex. Hizo una pausa antes de continuar—. Hablemos en el pasillo, por favor.

Me encogí de hombros.

—Lo que usted diga, su santidad.

Fuimos hacia el pasillo y dejamos a la niña albina de aspecto extraño sola en su caja.

No le pasaría nada. Probablemente.

Una vez que estuvimos fuera de su rango auditivo, me apoyé en la pared del pasillo y pregunté:

—¿Y bien? ¿Cuál es la historia?

—Antes de que te lo diga, es importante que entiendas que puedes acabar implicado. Este lío en el que estamos metidas podría volver a por ti, Hughes.

—Tú sigue —le dije, sin inmutarse.

—De acuerdo. La respuesta corta —comenzó la monja— es que una división dentro de la Unión ha estado secuestrando niños. Los han secuestrado por todo el espacio conocido, de docenas de mundos de la Unión, incluso de algunas colonias del límite exterior, y no estoy segura de cuánto sabes sobre el gobierno, pero...

—Lo suficiente para creer que es probable que lo que estás diciendo sea cierto —dije, sin avergonzarme del odio que sentía por el gobierno. Había pasado tiempo con oficiales de la Unión en varias ocasiones. La mayor parte de ellas había supuesto que me dispararan. No sentía aprecio por ninguno de ellos.

—Bien —respondió ella—. Esa gente lleva años haciendo esto. Las pruebas que les están haciendo a esos niños son complicadas, así que no entraré en detalles, pero créeme cuando te digo que Lex tiene suerte de estar viva.

—Está bien. Entonces, ¿cómo acabaste involucrada con una niña así? —pregunté.

—Alguien del departamento se acercó a mi congregación. Nos hablaron de los niños, concretamente de Lex, e intervenimos. Con la ayuda de nuestro contacto, logramos sacarla a escondidas del complejo. Hemos viajado por doce sistemas para llegar tan lejos, y ahora ya casi hemos llegado.

—¿Doce sistemas? Son tres semanas de saltos. ¿Se ha quedado en la caja todo el tiempo?

—La mayor parte. Tuvimos que recargar el combustible criogénico hace unos días, así que paramos en la estación Taurus. Alquilé una habitación hasta que aceptaste el encargo.

—El peor error que he cometido esta semana —dije—. Y eso es decir bastante.

—Siento escuchar eso.

—¿Tú lo sientes? Comencé este viaje con una única monja loca y ahora estoy atrapado cuidando de una niña. Deberías estar pagándome el doble y no intentando colar una polizona a bordo de esa manera.

—¿El doble? ¿Hablas en serio?

—Has pagado por un billete, no dos. ¿Acaso es justo dejar que esa niña viaje gratis? No soy una organización caritativa.

Esperaba que se enfadara, una especie de arrebato ante la idea de más dinero.

Solo que ahora sus ojos daban una impresión más dulce y tranquila, menos cabreados que antes. Parecía aceptar lo que estaba diciendo, como si tuviera sentido para ella, o tal vez simplemente no le importara.

—Llévanos el resto del camino y la iglesia pagará el resto. ¿Qué tal suena eso?

—Suena a movimiento inteligente por tu parte —dije, imaginándome los diez mil créditos que tendría al concluir este viaje.

No me gustaba manipular a una monja para sacar más dinero, pero con Fratley respirándome en la nuca, no tenía muchas opciones. Estaba presionándome mucho para que pagara y se me estaba acabando el tiempo. Si tenía que ser un poco mezquino para conseguirlo, lo sería.

Diez mil no cubrirían una parte demasiado grande de la deuda que tenía, pero eran mejor que cinco mil, de eso no había duda.

—¿Eso significa que cumplirás con el acuerdo? —me preguntó.

—No te preocupes. Te llevaré a donde necesitas ir. Tú solo preocúpate de pagarme ese dinero. Ese es tu verdadero trabajo. Conseguir esos créditos. ¿Entendido?

—Sí, capitán —dijo, dando un paso hacia atrás en dirección a la bodega de carga.

—Llámame Jace —le dije.

Ella no dijo una palabra más. Simplemente regresó junto a la caja, con la niña. La niña albina con el pelo de porcelana y los tatuajes azules, que parecía la cosa más inocente de la galaxia.

Me senté en el salón, mirando a la niña ya su monja guardiana mientras sorbían un poco de sopa caducada de mi despensa.

Ninguna parecía hablar mucho y, cuando lo hacían, por lo general era un susurro breve.

Tal vez no querían que escuchara nada o tal vez simplemente no eran grandes conversadoras. De cualquier manera, me parecía bien, decidí. Me gustaban los momentos de silencio incómodo. Me recordaban que no éramos amigos.

También me mantenían alerta.

—Señor, ¿me permite un momento de su tiempo? —preguntó Sigmond, perforando mi oreja como un pájaro que grazna temprano por la mañana.

—¿Ahora mismo, Siggy? —solté—. ¿Qué pasa?

Ambas mujeres me miraron boquiabiertas. Había olvidado que la voz de Sigmond salía de mi auricular en vez de los altavoces del techo.

—Será solo un segundo —les dije—. Es una pequeña alerta del sistema. Nada importante.

La expresión de Abigail no cambió, pero pude ver que apretaba la mesa con los dedos. Mi estallido repentino la había puesto tensa. No era demasiado sorprendente teniendo en cuenta de quién estaba huyendo.

Me recliné en mi asiento, coloqué los brazos detrás de la cabeza y la miré de la forma más desagradablemente relajada que pude.

—¿Qué pasa, Siggy? ¿Tienes algo para mí?

—Estamos llegando a nuestro primer punto PD —dijo la IA—. ¿Debo prepararme para activar el campo de invisibilidad?

—Claro. Nunca se es lo bastante precavido—le dije.

Abigail no apartó la mirada de la mía.

—¿Va todo bien?

—Estamos a punto de alcanzar un punto PD, así que estaba confirmándolo con la IA de la nave. No te preocupes.

—¿Un punto PD? —preguntó la niña, con la mirada más animada.

Sentí un dolor en el estómago. Tenía mucha hambre. ¿Cuándo había comido por última vez? ¿Esa mañana?

—Siggy, ¿nos sobra algo de ese pan artesiano?

—Me temo que no, señor.

—Maldita sea. Habría jurado que sí. ¿Qué se supone que voy a comer? ¿Más sopa?

—¿Qué es un punto PD? —preguntó Lex de nuevo, aparentemente insatisfecha.

—Es donde la nave sale del desliespacio —explicó Abigail—. Aunque solo durante un momento. No te preocupes.

—En realidad, eso es solo una parte —dije, porque quería hacer que la monja se sintiera estúpida.

—No necesita la definición completa —dijo Abigail, mirándome.

La ignoré, naturalmente.

—Se llama punto de deslizamiento. ¿Sabes qué es el deslizamiento, chica?

La niña asintió.

—Bueno, usamos esos túneles para movernos, pero a veces, en viajes largos, hay que salir de uno para entrar en otro. Es como una breve parada en boxes. ¿Me sigues?

—Eso creo —dijo Lex.

—Bien, pues solo tenemos que volver al espacio normal durante un minuto o tres, luego pasaremos a otro túnel de deslizamiento. No es gran cosa.

—¿Por qué no podemos usar el mismo túnel hasta que lleguemos? —preguntó Lex.

—Porque no todos van al mismo lugar —dije.

—¡Ah! ¿Son como carreteras?

Asentí.

—Claro, niña. —Tomé un sorbo de mi cerveza y luego miré a Abigail—. Será mejor que tampoco haya ninguna nave de la Unión cuando salgamos.

—No lo creo. Hemos sido excepcionalmente cuidadosas.

—No es suficiente —dije, tomando otro trago de alcohol—. Yo os he descubierto, ¿no?

—Has tenido suerte.

—O has sido descuidada —dije, formando una pistola con el dedo. La apunté con ella y fingí disparar—. De todas formas, no importa. Lo único que importa de verdad es que ha sucedido. Te han descubierto.

—¿Qué pretendes decir? —preguntó, mirando mi dedo.

—Que puede pasar cualquier cosa, señorita Pryar. Ninguno de nosotros está a salvo.

El espacio entre la estación Taurus y Arcadia estaba plagado de todo tipo de cosas desagradables. Eso incluía piratas, contrabandistas, devastadores y cualquier otra persona que intentara evitar a la Unión. En otras palabras, gente como yo. Conocía ese tramo de espacio mejor que la mayoría, por lo que era lo suficientemente consciente como para evitar quedarme en un sitio durante demasiado tiempo.

Innumerables trabajos me habían hecho atravesar ese grupo de sistemas, lo que significaba que tenía que estar preparado para una multitud de posibilidades peligrosas. Por eso había instalado el campo de invisibilidad en primer lugar, a pesar de los muchos gastos que conllevaba. Había pagado el doble del precio de mi nave actual por esa cosa, pero me había salvado el pellejo más veces de las que podía contar. A esas alturas, no estaba seguro de qué haría sin él.

Salimos del túnel de deslizamiento y regresamos al espacio normal en poco tiempo.

—Desplegando el campo—anunció Sigmond.

Me senté en la cabina con el rastreador encendido, comprobando quién había alrededor. La pantalla mostraba un puñado de naves posicionadas a poca distancia de nosotros. Aquello era corriente, ya que los PD a menudo se usaban como áreas de descanso en las que comerciantes ambulantes instalaban tiendas temporales para vender sus productos. Por desgracia para nosotros, pude ver que ese no era el caso.

—Recibo lecturas de tres naves —dije, examinando el rastreador.

—Parece que son devastadores —dijo Sigmond—. Clase ámbar.

—Pequeños, entonces —respondí.

—¿Debo disparar un tiro de advertencia?

—¿Está activado el campo?

—Sí —dijo Sigmond.

—Entonces espera. Es probable que nos hayan visto salir del túnel, pero no pueden ser tan estúpidos como para pensar que pueden darle a una nave invisible.

—Creo que sobreestima a la gente, señor.

Estaba a punto de decirle a Siggy que estaba equivocado, cuando una de las naves disparó a ciegas en nuestra dirección. Vi como el disparo pasaba de largo y se desvanecía en la oscuridad del espacio. Una mirada rápida al rastreador me confirmó que las tres continuaban avanzando hacia nosotros.

—Allá vamos —dije.

—El enemigo está usando un generador de escudo de hiperión. Tenga en cuenta que nuestros cañones serán ineficaces a larga distancia.

—Genial —dije, agarrando los controles. Los generadores de escudos de hiperión eran un enorme grano en el culo porque podían abarcar un escuadrón completo de naves, protegiéndolas a todas a la vez. Tendríamos que identificar cuál de las tres tenía el generador a bordo y luego acercarnos lo suficiente para dar un golpe preciso.

Activé los propulsores de la *Estrella Renegada* un instante, para darnos algo de impulso antes de cortar el acelerador. La *Estrella* se movió hacia delante, a través de la formación enemiga mientras continuaban disparando a ciegas al lugar que acabábamos de dejar.

—¿Sus órdenes, señor? —preguntó Sigmond.

—Espera hasta que estemos dentro de su escudo. Una vez que estemos lo bastante cerca, apunta al que tiene el generador con los cañones cuádruples.

—Entendido —dijo Sigmond—. Entrando en el espacio del escudo enemigo en cuatro segundos.

—No falles —murmuré—. Y en cuanto los derribemos, abre un túnel y para dentro. ¿Entendido, Siggy?

—Entendido, señor.

Esperé a que la luz roja de mi tablero se pusiera verde, lo que indicaba que estábamos lo bastante cerca. Nos coloqué detrás de la nave para que estuviéramos frente a sus tubos de escape. Era, de lejos, la sección más débil de una nave devastadora y nuestra mejor oportunidad.

Se encendió la luz amarilla de los cañones, indicando que estaban preparados.

—Preparados para disparar —dijo Sigmond.

—Hazlo.

Mi asiento vibró cuando una serie de misiles abandonaron los cañones de la *Estrella Renegada*, golpearon la nave devastadora y la destrozaron. La nave explotó, enviando escombros hacia delante, uno de los cuales casi golpeó a una de las otras naves en la proa. Las dos restantes comenzaron a girar y, mientras lo hacían, volví a disparar directamente a través del campo de escombros, golpeando varias piezas de la nave destruida, pero también logré acertar ala segunda nave en el ala.

—Suelta una de las minas entre los escombros, Siggy.

—Ya veo su plan, señor.

—Me decepcionaría si no lo hicieras.

La mina salió de la *Estrella Renegada* y flotó hasta detenerse cerca de lo que había sido la cabina de la nave destruida. La nave enemiga avanzó, activando sus propulsores, intentando maniobrar a través de los restos de su compañera fallecida. Debió de pensar que los escombros la cubrirían, pero lo único que me dijo con eso fue que sus sensores eran deficientes y no era capaz de ver la trampa.

Activé el campo y me alejé de mi posición actual, prescindiendo de los propulsores tan pronto como pude. La nave enemiga se acercó a mi última posición tras abandonar el campo de escombros, sin darse cuenta de lo que yo estaba haciendo.

Cuando volvió a encender sus propulsores, la mina se adhirió al casco de la nave devastadora y estalló.

La explosión dividió la nave en tres partes, manteniendo intacta la sección delantera. El piloto podría sobrevivir al encuentro, si tenía la suerte de ser rescatado.

Pero no sería yo quien lo hiciera.

Antes de que pudiera centrarme en la tercera nave, me alcanzó un disparo, que rozó el lateral de mi escudo. No había nada de lo que preocuparse. Respondí con dos disparos propios. El primero acertó en la parte superior del casco de la nave devastadora, causando poco daño, pero el segundo logró destruir su sistema de armamento, dejándola indefensa.

—Naves enemigas inutilizadas—dijo Sigmond.

Pude volver a disparar cuando la embarcación giró hacia el túnel y se deslizó por él, luego desapareció y me dejó atrás.

—Adiós —murmuré.

—¿Debo perseguirla? —preguntó Sigmond.

—No, déjala. Está acabada.

Se oyó un golpe en la puerta de la cabina.

—¡Señor Hughes! —dijo una voz apagada desde el otro lado—. ¿Qué está pasando ahí fuera?

—Cállate, monja —dije, ignorando la pregunta.

—Parecía como si algo nos hubiera golpeado. ¿Nos atacan?

Fui y abrí la puerta para encontrarme a la mujer de pie con los brazos cruzados.

—Algunos devastadores han intentado tendernos una emboscada al salir del desliespacio —le dije—. Ya me he encargado. Relájate.

—¿Te has encargado?—repitió—. Quieres decir que los has matado.

—Esa es una forma de decirlo, claro —dije, tocándome la barbilla—. Otra sería que os he salvado la vida.

—O que casi haces que nos maten —dijo.

—Sea como sea, todavía estamos vivos, ¿no es eso lo que importa? —le pregunté, dedicándole una sonrisa. Giré la cabeza y miré hacia la parte delantera de la cabina—. ¿Siggy? ¿Estás listo?

—A la espera, señor —respondió.

—Pues en marcha.

Sentí el traqueteo de la nave mientras Abigail y yo observábamos una luz azul arremolinándose fuera de la ventana de la cabina. Se expandió cuando comenzamos a movernos hacia ella. En unos segundos, estábamos dentro, cabalgando las corrientes del desliespacio y avanzando hacia nuestro destino final.

Capítulo 6

Llegamos al sistema Arcadia, casi puntuales. Para mi sorpresa, la emboscada de los devastadores no nos había retrasado tanto.

Cuando salimos del desliespacio sentí el alivio en el rostro de Abigail. Su misión, tal como ella lo veía, estaba a punto de terminar. Conocía bien la sensación, habiendo realizado tantos trabajos yo mismo, cruzando fronteras con cargamento de contrabando, robando objetos preciosos de interés a tipos ricos como Emmerson e incluso transportando a monjas locas de un rincón de la galaxia a otro. Siempre experimentaba esa sensación de satisfacción cuando el objetivo estaba a la vista. Nunca me permitía relajarme por completo, porque eso implicaba tener poca visión de futuro y ser estúpido, pero haber hecho la mayor parte del trabajo siempre era una buena sensación. Abigail, en ese momento, tenía que sentir que todos sus esfuerzos habían valido la pena. Todas las tonterías por las que había tenido que pasar por fin tenían justificación.

A medida que nos acercábamos al planeta, un representante de la iglesia abrió una vía de comunicación.

—Nave entrante, identifíquese.

—Usted primero —dije, decidiendo que quería ser un idiota con aquel tipo sin ninguna razón.

—Soy el diácono Castiel. Estoy con la Iglesia del Hogar...

—Gracias. Solo estoy aquí para dejar a su monja —dije.

—¿A quién se refiere, señor? —preguntó Castiel.

—Ya sabe, la que secuestró a la niña del gobierno y la metió en un congelador. ¿Le resulta a familiar? Espero que sí o quizá tenga que dar la vuelta.

Hubo una breve pausa en el comunicador antes de que Castiel respondiera.

—¡S-sí, señor! Lo siento mucho. Aterrice en las siguientes coordenadas.

—Vaya, gracias —dije, tocando el muñeco cabezón que llevaba en el tablero y viendo cómo rebotaba su casco blanco.

—¿Debo informar a las pasajeras de nuestra llegada? —preguntó Sigmond.

—Por qué no. Asegúrate de recordarle a la monja que tiene que pagarme —dije, pero me detuve—. En realidad, se lo diré yo mismo. ¿Crees que puedes encargarte del aterrizaje de la *Estrella*?

—¿No lo hago siempre? —preguntó.

Abandoné la cabina y me dirigí directamente al salón. Encontré a Abigail sentada en el lateral de un banco acolchado, con la niña en el suelo frente a ella. Parecía que se estaba haciendo algo con el pelo.

—Ey, vosotras dos —dije, llamando su atención—. Hora de desembarcar.

—¿Hemos llegado? —preguntó Abigail.

—Sigmond está aterrizando. Aseguraos de estar listas cuando se abran las puertas.

Lex se volvió y miró a Abigail.

—¿De verdad hemos llegado?

—Eso parece —respondió la monja.

—Por fin —exclamó la niña. Se puso de pie de un salto, rebosante de una energía repentina y con una expresión de emoción en los ojos.

—Guárdalo para cuando estés fuera de la nave, niña—le dije.

—Estaremos listas enseguida—dijo Abigail.

—Bien, y no olvides tener mi dinero listo.

—Recibirás el pago, Hughes —dijo la mujer—. Eso puedo prometértelo.

Me sorprendí cuando vi la pista de aterrizaje de la iglesia. Para una organización religiosa en medio de la nada, lo cierto era que tenían una infraestructura decente. El diseño parecía construido por un profesional, aunque era anticuado. De varias décadas de antigüedad, supuse, tal vez más. Ese tipo de configuración era frecuente en estaciones de acoplamiento tan lejanas. Era difícil encontrar contratistas fuera del espacio de la Unión. Cuando uno lo encontraba, por lo general cobraban de más por cualquier servicio.

—Por favor, síganme —dijo un hombre adulto con un atuendo ridículo. Una especie de sacerdote, me imaginé. Su ropa era similar a la de Abigail, pero menos elegante. Algunas joyas le colgaban del cuello, como si quisiera que yo supiera que él era especial.

—¿A dónde? —pregunté, mirando hacia atrás, a Abigail, que estaba arrastrando su maleta y tenía dificultades.

—El Consejo querrá hablar con usted —dijo el hombre que nos dirigía.

—¿Y qué hay de ti? —le pregunté a la monja, ignorando a la escolta.

—Lex y yo tenemos que ir a reunirnos con ellos primero, por separado —dijo, frustrada con su equipaje. Al final se detuvo, levantó la bolsa y luego la cargó con ambos brazos.

No me molesté en preguntar por qué el Consejo quería reunirse con nosotros por separado, porque ya lo sabía. En el caso de que fuera peligroso o no se pudiera confiar en mí, no podían tenerme allí, no hasta que interrogaran a la monja.

—Lo que sea necesario —dije, luego miré al individuo con túnica frente a mí—. ¿Qué más puede contarme sobre este Consejo, amigo?

—El Consejo supervisa todos los asuntos de la Iglesia, incluidos aquellos en los que hay forasteros involucrados. Deberá reunirse con ellos para discutir su pago, así como cualquier otro asunto que deseen tratar.

—No tengo tiempo para una inquisición. Deme mi dinero y me marcharé ya mismo.

—Si desea recibir su pago, deberá verlos —dijo.

Lex corrió junto a Abigail.

—¿Puedo quedarme con el señor Hughes?

—Lo siento, Lex, pero tenemos que ir solas por ahora. Además, estoy segura de que el capitán Hughes preferiría manejar las cosas él mismo.

—No te equivocas —le dije.

Lex frunció el ceño.

—El señor Hughes es más divertido que los sacerdotes.

Volví a mirarla.

—Tú tampoco te equivocas en eso, niña. Estos bichos raros no sabrían lo que es la diversión aunque les mordiera en el culo.

Abigail y Lex tomaron un pasillo separado cuando entramos en las instalaciones. Yo, sin embargo, seguí al hombre del vestido. Me condujo a un gran salón con gruesos pilares, una estancia que parecía sacada de un cuadro antiguo. No pasaba mucho tiempo en lugares sagrados, por lo que todo aquello me hizo sentir incómodo. Tal vez fueran mis tendencias hedonistas, pero no podía evitar la sensación de que no pertenecía a aquel lugar.

—Por aquí —dijo el escolta mientras abría un enorme conjunto de puertas de madera—. El Consejo llegará dentro de una hora. Espere aquí hasta la hora señalada.

—¿Pretende que me quede sentado durante una hora?

Me dirigió una mirada que decía que empezaba a irritarlo y luego cerró la puerta, dejándome solo. Rocé la culata de la pistola con el pulgar. No me gustaba estar atrapado.

La habitación en sí era circular, no tenía una sola esquina, y el mobiliario era escaso, con solo unos pocos asientos y dos mesas en la mitad trasera. Me senté detrás de una de ellas, ya aburrido, luego levanté los pies y me incliné hacia atrás.

En segundos, sentí que el peso del sueño me hundía. No luché contra él y en vez de eso, me dejé llevar a la deriva. Si tenía que quedarme en aquella habitación sin nada que hacer, bien podía recuperar unas cuantas horas de sueño.

Abrí los ojos al oír el sonido de una puerta que se abría, así que escaneé la habitación en busca de intrusos y agarré mi pistola.

Varias personas entraron por una puerta secundaria, todas ellas con túnicas marrones y plateadas. Observé mientras caminaban hacia la mesa de atrás y tomaban asiento, todos ellos mirándome.

—¿Qué hay? —dije con un saludo leve y los pies todavía sobre la mesa más cercana.

—Gracias por venir —dijo la consejera del centro, una mujer de cabello gris. Si tuviera que apostar, diría que aparentaba unos setenta y tantos—. Soy la hermana Loralin.

Puse los pies de nuevo en el suelo y sentí un hormigueo cuando la sangre regresó a los dedos de mis pies.

—Encantado de conocerla —le dije sin entusiasmo—. El tipo de fuera ha dicho que querrían hablar conmigo sobre mi dinero.

—Eso es correcto —dijo, mirando a las otras cuatro personas a su lado—. Nos gustaría darle las gracias por ayudarnos a entregar nuestra carga. Hemos oído que se encontró con algunos problemas en el camino.

—Por carga, supongo que se refiere a la niña, pero sí, nos topamos con un obstáculo por culpa de algunos devastadores. Mi nave ha sufrido graves daños, así que espero que me paguen lo que me corresponde.

—La hermana Abigail nos ha informado de su acuerdo. Tenga la seguridad de que recibirá una compensación adecuada. —Loralin levantó la mano y me mostró una pequeña tablilla—. Como ha dicho, tuvo algunos problemas, así que aumentaremos el pago. ¿Qué le parecen quince mil créditos?

—Es justo —dije.

Tocó la pantalla.

—Los fondos se han transferido a su cuenta, como se prometió. Nos ha prestado un gran servicio y se lo agradecemos.

Saqué mi propio dispositivo y revisé mi cuenta. En efecto, ahora tenía quince mil créditos más.

—Fantástico.

—Ahora que hemos concluido esa transacción, espero que esté dispuesto a escuchar otra propuesta.

—¿Eh? —Levanté la mirada hacia ella—. ¿Qué tipo de propuesta? ¿Tienen otro trabajo?

—En efecto, así es —dijo un segundo miembro del Consejo. Llevaba unas gafas enormes y tenía el pelo rojo canoso.

—¿Cuánto ofrecen? —pregunté, yendo directo al tema.

La hermana Loralin miró a sus asociados.

—El doble que la vez anterior.

—¿Treinta mil? —pregunté. No había hecho ningún trabajo tan bien pagado en meses—. ¿Qué tienen en mente?

—Necesitamos un piloto capaz con una nave defensiva —dijo la mujer—. Alguien que proteja nuestra nave, en caso de que el viaje resulte peligroso.

—¿Y exactamente a dónde intentan ir? —pregunté.

Ella dudó antes de responder.

—No puedo ayudar si no me lo dice.

—A Epsilon —respondió al fin Loralin.

Reconocí el nombre de inmediato. El sistema Epsilon era uno de los más peligrosos de las Tierras Muertas. Había que atravesar un montón de problemas solo para llegar allí.

—Se dan cuenta de que ese sistema está en territorio de los devastadores, ¿verdad?

—Por eso le pedimos que nos ayude —dijo.

Consideré la propuesta por un momento.

—¿Cuántas personas hay involucradas?

—¿Perdón? —preguntó Loralin.

—¿Cuántas personas viajarán? ¿Van a enviar a una docena de personas? ¿A veinte? ¿Cincuenta? Deme un número.

—Aún está por decidir —respondió el hombre de las gafas.

—Está bien, ¿qué tal una estimación aproximada?

—Posiblemente de quince a veinte, pero el número podría aumentar —respondió.

—¿Creen que podrían reducirlo a cuatro o cinco?

—¿Con qué propósito? —preguntó.

—Solo responda a la pregunta. ¿Pueden hacerlo o no?

El hombre miró a Loralin, quien le dedicó un leve asentimiento.

—Podríamos, si la situación requiriera tal cosa, supongo.

—Bien, porque casi seguro que esa será la única forma de hacer que esta tontería funcione.

—¿Qué quiere decir? —preguntó Loralin.

—No usarán su propia nave. Usaremos la mía y nada más, y no tengo espacio suficiente para todas esas personas.

El hombre de las gafas se burló.

—¿Y por qué íbamos a usar solo una nave?

—Ustedes no tienen campo de invisibilidad —le dije con total naturalidad—. Yo sí, y es la única forma de moverme con libertad por territorio devastador sin ser visto. Si meten cualquier otra cosa allí, se estarán buscando problemas.

Loralin estaba ojiplática.

—¿Su nave tiene la capacidad de ocultarse?

—Así es —confirmé.

El hombre me miró con curiosidad.

—¿Dónde lo adquirió? Creía que solo la Unión tenía acceso a los campos.

Estaba en lo cierto. La Unión gastaba más dinero en defensa que cualquier otro organismo gubernamental de la galaxia. La única razón por la que había logrado encontrar un dispositivo de camuflaje había sido porque le había pedido prestada una pequeña fortuna a un matón.

—No importa dónde lo conseguí —contesté—. Lo que importa es que tengo uno y lo necesitan. Reduzcan el tamaño de su tripulación y los llevaré en mi nave. Los llevaré a donde quieran ir.

Los miembros del Consejo se inclinaron y susurraron entre ellos. Después de un breve intercambio, Loralin se aclaró la garganta y me sostuvo la mirada.

—¿Está seguro de que no hay otra manera?

—No, a menos que quieran volar en pedazos —dije.

—En ese caso, aceptamos sus condiciones —dijo—. Comenzaremos los preparativos mañana por la mañana a primera hora. También le pagaremos treinta mil créditos...

—Cien mil —le dije, interrumpiéndola.

Hizo una pausa, pero no se inmutó.

—¿Cien mil?

—¿Voy a jugarme la vida en la zona más peligrosa de las Tierras Muertas y solo quiere pagarme treinta mil? No crea que no sé cuándo me están engañando. Sabe que tiene el dinero. —Hice un gesto para señalar la habitación—. Mire este lugar. No actúe como si no pudiera pagarlo.

—Muy bien —dijo, aceptando los nuevos términos sin consultar con sus colegas—. Cien mil créditos.

Que estuviera de acuerdo de forma tan repentina me desconcertó. Esperaba una negociación de algún tipo, y ella ni siquiera había intentado regatearme el precio.

Me maldije por no pedir más. «En fin —me dije—. No importa». Con el dinero que ganaría con aquel trabajo, podría pagarle a Fratley. Esa era la conclusión principal de todo aquello. La fecha límite se acercaba y no podía permitirme el lujo de ser exigente.

—Bien, tenemos un trato —le dije a la anciana y a sus colegas—. Cien mil créditos por un pasaje seguro al sistema Epsilon. De ida y vuelta. —Me volví y comencé a irme. Tan pronto como toqué la manilla de la puerta, sentí que se abría desde el otro lado. Era el mismo hombre con túnica de antes. Antes de continuar, me volví hacia el Consejo por última vez—. ¿Cuál es la misión, por cierto?

—Es de naturaleza científica. Estamos interesados en explorar un conjunto de ruinas —explicó Loralin.

—¿Ruinas? —pregunté—. ¿Para qué, en nombre de los dioses?

—Creemos que tienen un valor espiritual significativo. Ni más ni menos.

—Lo que usted diga, señora —murmuré, girándome hacia la puerta.

Con eso, me fui y me dirigí hacia la *Estrella*.

Me senté en el salón, mirando por la ventana a los terrenos más allá de la finca de la Iglesia. La plataforma de atraque donde se encontraba mi nave daba a un amplio valle, que se extendía casi hasta el horizonte. A su alrededor había un bosque, salpicado por algunos pequeños estanques y cortado por un río cristalino. Me planteé aprovechar la lanzadera desmontable y volar allí durante unas horas, tal vez tomar un poco de aire fresco por una vez.

Sin embargo, no podía dejar mi nave sin vigilancia, no en un lugar extraño como aquel, rodeado de extraños cuyos planes desconocía.

No confiaba en ninguna de esas personas. No es que tuviera algo en contra de los religiosos, pero no sabía prácticamente nada sobre ellos. No ayudaba que vivieran en semejante aislamiento. Las únicas personas que lo hacían normalmente tenían algo que ocultar.

Algo grande.

Cualquiera que fuera la razón, no me sentiría cómodo hasta que la averiguara.

El sol caía por debajo del horizonte, hundiéndose en lo desconocido como una roca que cae al mar. Vi como el cielo azul se volvía negro y lo inundaban las estrellas.

A medida que avanzaba la noche, todo el mundo desapareció en el interior de sus casas. Abandoné el salón y salí, luego subí a la parte superior de la nave y apoyé la cabeza contra el duro casco de metal.

Vi las lunas gemelas de Arcadia elevarse por encima de mí, iluminando la noche, uniéndose a miles de estrellas.

Extendí el brazo y el dedo, conectando las luces, formando nuevas constelaciones. Era algo que hacía cuando viajaba a nuevos mundos, si la situación lo permitía.

Formé una nave con el dedo, su forma no muy diferente a la de la *Estrella Renegada*. Encontré el rostro de una mujer y la llamé Julia, en honor a mi madre. Me dio calma mientras la miraba a los ojos, y eso me transportó a cuando era joven.

Cuando comencé a divagar, mi mente se arremolinó con la niebla del sueño, vi la silueta de un hombre caminando hacia la noche lejana. Casi podía oír la voz de Julia, gritándole que se quedara. «¿A dónde vas? —parecía preguntar--. ¿Por qué tienes que irte?».

Capítulo 7

Soñé que estaba en un campo, sosteniendo un arado, con ropa holgada bajo un sol cálido. La temporada había sido abundante y la granja funcionaría bien aquel año. Tenía una esposa con una cara bonita y dos hijos a los que quería mucho. Un chico fuerte y una niña preciosa. Ambos estaban en el campo conmigo, ayudando a su padre, ocupándose de sus quehaceres.

Terminamos nuestras tareas, cansados de nuestro trabajo, nos dirigimos al interior y nos sentamos alrededor de la mesa familiar. Partí un trozo de pan y bebí una copa de vino mientras mi familia se reía y se burlaba de los demás. Cuando el sol comenzó a ponerse, pensé que aquella era una buena vida y me alegré de tenerla. Me pregunté cómo podría querer algo más.

Y luego me desperté, tiritando por culpa del viento frío del amanecer. Inspeccioné el hangar, momentáneamente confundido acerca de dónde estaba y cómo había llegado hasta allí. ¿Por qué no estaba en mi cama? ¿Y qué tipo de edificio era aquel? ¿Por qué parecía tan arcaico?

Los recuerdos regresaron enseguida, fluyendo hacia mí, reemplazando los sueños con la realidad. Recordé estar en la estación Taurus y aceptar el trabajo que me ofrecía Ollie, conocer a Abigail Pryar en la bodega de carga de mi nave y descubrir a la niña congelada en la caja. Recordé haberme metido en un lío en uno de los PD. Y, por último, recordé aterrizar en aquel planeta y quedarme dormido en la parte superior de mi nave, bajo aquel cielo extraño. Todo volvió a mí en un abrir y cerrar de ojos, pero durante ese breve segundo entre estar dormido y despierto, estuve en otro lugar.

La bruma del despertar se desvaneció con rapidez, y antes de darme cuenta, volví a ser yo mismo.

Ese era el momento en el que las personas eran más vulnerables, los pocos segundos en los que no estaban completamente seguros de quiénes eran o de lo que estaba pasando. Odiaba todo lo relacionado con ese momento.

—¿Ha dormido bien, señor? —preguntó Sigmond, hablándome al oído.

Gemí al sentir molestias a lo largo de la columna por haber dormido sobre una pieza de metal duro.

—Prepárame un poco de café, ¿quieres, Siggy?

—Comenzaré el proceso de inmediato.

Cogí una muda de ropa y una taza de cafeína líquida, luego me dirigí al frente del muelle de carga, debajo de mi nave.

No pasó mucho tiempo antes de que la zona de la plataforma se convirtiera en un hervidero de actividad. Había dos naves aparcadas no lejos de la mía, y vi cómo varios ingenieros empezaban a hacer reparaciones.

Por lo que pude ver, la *Estrella* superaba a todas las naves de aquella roca en términos de potencia de fuego. Las naves eran Master Class, lo que significaba que, desde luego, podían moverse. Allí en las Tierras Muertas, o invertías el dinero en armas o en velocidad bruta. Si podías pagar por ambas, mucho mejor.

Personalmente, había invertido una pequeña fortuna en mi nave, lo que me había salvado el culo más veces de las que podía contar. Había valido la pena cada crédito.

La puerta del pasillo interior se abrió y salieron Abigail y Lex. La niña sonrió al verme en el muelle de carga, bebiéndome el café y rascándome el estómago.

—Buenos días, señor Hughes —dijo Lex, saludando mientras se acercaba.

Ambas iban vestidas de manera mucho más informal que antes, en especial Abigail. En esa ocasión no llevaba la túnica de la iglesia. En vez de eso, vestía una camisa y pantalones estándar al estilo de la Unión, la ropa de una mujer trabajadora. Por fin pude ver lo en forma que estaba, sus brazos tonificados y su cintura delgada. No me extrañaba que hubiera estado a punto de dejarme fuera de combate el otro día. Lex, por su parte, vestía una camiseta colorida con un personaje de dibujos animados.

—Bienvenidas de nuevo —las saludé—. No sabía que ibais a venir.

Abigail me miró confundida.

—Por supuesto que sí. ¿No te lo dijeron?

—Lo único que sé es que voy a llevar a algunos sacerdotes a Epsilon.

—No hay sacerdotes, capitán. Nos escoltas a nosotras dos y a tres académicos. —Hizo una pausa—. Bueno, dos son arqueólogos. El tercero es un erudito.

—Estás diferente —le dije, cambiando de tema.

—La situación requiere algo diferente.

—¿Cuál era la excusa antes?

—La gente hace menos preguntas a los miembros de la iglesia —dijo—. Pero como viste, esa ropa dificulta el combate. No tenemos ni idea de a qué nos enfrentaremos en las Tierras Muertas. Necesito estar preparada.

—No eres una monja normal, ¿verdad? —pregunté mientras la escaneaba.

—Sin embargo, sigo siendo una monja —dijo, pasando junto a mí.

Lex corrió a mi lado, con una amplia sonrisa en su rostro.

—Señor Hughes, ¿puedo ir a jugar con Sigmond?

—Claro, niña—le dije—. Ve a patearle el trasero.

Ella aplaudió, luego corrió por la plataforma y entró en la nave.

—Sigmond, ¿estás ahí? —la escuché decir.

En ese momento, una de las puertas cercanas se abrió y dos personas entraron al hangar: un hombre y una mujer. Me miraron a los ojos y avanzaron, asintiendo en mi dirección.

—Señor —saludó un hombre corpulento con gafas y cabello rubio ralo. No se parecía en nada a los otros sacerdotes—. Soy el doctor Thadius Hitchens. Soy el arqueólogo residente. Encantado de conocerlo.

—¿Hitchens? —repetí.

—Correcto —dijo—. Y esta es mi socia, Octavia Brie. Vamos a acompañarlos a usted y a la hermana Pryar en su viaje. Se lo prometo, ni siquiera sabrá que estamos aquí. —Soltó una risita—. Es decir, no hasta que hayamos aterrizado. Dudo que seamos capaces de contener nuestra emoción una vez que lleguemos al sitio de la excavación.

—¿Al qué? —pregunté.

—Al sitio de la excavación —repitió Hitchens—. ¿No le ha informado nadie de los detalles de nuestro viaje?

—Todo lo que sé es que los llevaré a Epsilon —dije.

—Eso es, señor —dijo el gordo—. Pero hay mucho más. ¿De verdad no se han molestado en informarle?

—Mire, ¿por qué no sube a la nave y guarda su equipo? Puede hacerme llorar de aburrimiento una vez que estemos en camino.

—Claro, por supuesto —dijo Hitchens—. Ven, Octavia. Hagamos lo que pide el bueno del capitán.

Octavia asintió y los dos arqueólogos entraron en la bodega de carga.

Empecé a seguirlos, pero me detuve al oír el sonido de otra puerta que se cerraba. Miré y vi a un joven corriendo hacia mí. A diferencia de todos los demás, aquel sí llevaba su túnica del sacerdocio. La única diferencia era su edad. No podía tener más de veinte años.

—¡Esperen! ¡No se vayan!

Me detuve y me crucé de brazos.

—¿Ahora qué?

—¡Lo siento mucho! —dijo el joven mientras corría con varias bolsas en las manos.

—¿Quién narices se supone que eres? ¿El padre preescolar?

—Soy el hermano Fred... Frederick... Tabernacle... —dijo, jadeando y sin aliento—. ¡Siento... haberlo retrasado, señor!

—No me has retrasado. Solo te iba a dejar atrás —le contesté.

—Me alegro mucho de haber llegado a tiempo, entonces —dijo, dejando caer sus maletas.

—Tienes suerte de haber corrido, Freddie. Dos minutos más y me habría ido.

La *Estrella Renegada* se elevó desde la pista de aterrizaje de la Iglesia y comenzó su ascenso hacia el cielo nublado de color vainilla. Le pedí a Siggy que informara a los pasajeros de que se quedaran en sus camarotes durante al menos una hora. Saldríamos de la atmósfera mucho antes de eso, pero ellos no tenían por qué saberlo.

Salimos de la órbita en menos de quince minutos y entramos en el desliespacio poco después. Tendríamos que cambiar de túnel al menos siete veces antes de llegar al sistema Epsilon. Si todo iba bien, no habría problema.

Abandoné la cabina y tomé un bocado rápido que saqué del armario de la comida antes de que cualquiera de los santos abandonara sus habitaciones. Sopa y pan en mi sillón favorito.

—¿Puedo comer un poco? —escuché que preguntaba de repente una voz.

Vi a Lex de pie en el umbral de la puerta, mirándome mientras yo estaba ocupado con mi comida.

—¿Qué haces fuera de tu habitación? —le pregunté.

Ella se retorció y luego se encogió de hombros.

—Lo he olido y me ha entrado hambre.

—¿Y qué? —pregunté.

Ella frunció el ceño, sus ojos fijos en mi plato.

—Mmm.

—Está bien. —Empujé el cuenco por la mesa y lo coloqué junto a uno de los otros asientos—. Tengo más.

Ella sonrió y corrió hacia la mesa, riendo al ver la comida. Me levanté y preparé un poco más, luego volví con ella.

—¡Gracias! —me dijo.

—Limítate a comer. —Mojé un trozo de pan en la sopa humeante.

Observó como dejaba el pan a remojo durante un segundo, luego trató de emular mis acciones. Saqué el pan y lo soplé. Ella hizo lo mismo y a continuación le dio un mordisco. Sus ojos se iluminaron al saborearlo.

—¡Ñam!

—Es tomate —le expliqué—. Son caros, así que es mejor que no te quejes o...

—Está buenísimo —dijo, y le pegó otro mordisco.

La observé devorar la comida.

—Maldita sea, niña. ¿No te alimentan en ese culto?

Intentó responder, pero no fue capaz de articular las palabras con tanta comida en la boca. Una vez que tragó, jadeó.

—Sí, pero no me gustaba —dijo al fin.

—¿Qué te dieron?

—Cosas tontas. Sabían a basura —respondió.

Asentí con la cabeza y luego tomé otro bocado de mi propia comida. Nos sentamos juntos, comiendo sopa y hablando muy poco. El tatuaje azul de su cuello sobresalió cuando se inclinó para mojar otro trozo de pan en el cuenco. No pude evitar mirarlo con curiosidad. ¿Qué clase de idiota había tatuado a una niña tan pequeña? Qué jetas eran algunas personas.

—No sé qué es —dijo de repente. Las palabras me sobresaltaron.

—¿Qué? —Parpadeé en su dirección y ella me devolvió la mirada.

Se señaló la marca.

—Quieres saberlo, ¿verdad? Todo el mundo me lo pregunta siempre. Por eso estaba en el otro lugar, antes de que Abby me encontrara. Esa gente también quería saberlo.

—Es un tatuaje, ¿no? —pregunté.

Ella asintió.

—Así es como lo llamaron. Los médicos de antes.

—¿Médicos? —pregunté.

—Eran malos, pero Abby les paró los pies —dijo, tomando otro bocado—. No quiero volver nunca.

—¿De dónde vino tu tatuaje?

Sacudió la cabeza.

—No lo recuerdo. A veces creo que siempre ha estado ahí.

—¿Siempre? —pregunté—. Alguien tuvo que hacértelo.

Ella no respondió, sino que se centró en su comida.

Al observar las marcas, me fijé en que no se parecían a ningún patrón que me resultara familiar. ¿Era una etiqueta de algún tipo, igual que un ganadero marca a su ganado? ¿Era para que la Unión pudiera detectarla con más facilidad, en caso de que alguna vez se alejara de ellos? Tal vez por eso la monja la había metido en una caja, para que nadie viera la marca y las denunciara, pero ¿no había formas más fáciles de rastrear a una persona que un tatuaje? Y si ese fuera el caso, ¿por qué Abigail no se limitaba a cubrir la marca con un paño? ¿Por qué no acudir a un cirujano clandestino y que se lo quitaran?

No, tenía que haber algo más. Algo que no podía ver.

Lex se terminó la sopa, luego miró el cuenco vacío.

—¿Quieres algo más? —pregunté, detectando el hambre que todavía anidaba en sus ojos.

Me miró con timidez.

—¿Puedo?

—Claro que sí, niña —dije, levantándome y dirigiéndome al dispensador de comida—. Solo hazme un favor, ¿quieres?

—De acuerdo—dijo.

—La próxima vez que quieras algo, pídelo sin más. No esperes a que te lo dé.

—¿No sería de mala educación?

Me reí.

—Niña, sé que tienes a una monja como guardiana, pero créeme. La galaxia no está hecha para ese tipo de conversaciones.

—¿No?

Serví otro tazón de sopa y lo coloqué frente a ella.

—En esta vida, tomas lo que necesitas para sobrevivir. Si te pasas el tiempo preocupándote por los sentimientos de otras personas, nunca llegarás a ningún lado. ¿Me entiendes?

—Sí —dijo, mirando el cuenco humeante que tenía frente a ella—. Gracias, señor Hughes.

—Qué espectáculo —dijo Hitchens, mirando por la ventana de la *Estrella Renegada*—. Nunca me canso de ver esto.

Se refería al túnel de deslizamiento, por supuesto, y debo decir que no podía culparlo. Las paredes del túnel eran siempre muy brillantes y coloridas, con ráfagas aleatorias de lo que parecían relámpagos.

Vi a los pasajeros apiñarse para disfrutar del espectáculo mientras pasábamos por el túnel. Abigail fue la única que lo ignoró, probablemente porque acababa de pasar varios meses volando de un sistema a otro. Lo más seguro era que ya estuviera harta de aquello.

—¿Qué pasa si vamos allí? —preguntó Lex, señalando la pared del túnel.

—Cosas malas —dijo Fred, que era tan joven que yo podría haber sido, bueno, no su padre, pero al menos un hermano mucho mayor.

—¿Como qué? —preguntó la niña.

Fred se lo pensó un momento.

—Piensa en el deslizamiento como un río, Lex. En este momento, estamos siguiendo el flujo, por lo que es bastante fácil seguir adelante. Sin embargo, si nos movemos demasiado, podríamos caer en otra corriente. Si va en la dirección opuesta, las dos corrientes podrían destrozar la nave.

—Ah —dijo Lex, y estuve seguro de que no lo había entendido.

—Es más que eso, por supuesto —siguió Fred—. No siempre usamos estos túneles cuando viajamos. Son simplemente el método más rápido para largas distancias, aunque lo discutiremos más adelante.

Estaba perdiendo el tiempo intentando explicar a una niña un viaje más rápido que la velocidad de la luz, pero ¿quién era yo para interrumpir? Quizás algo de aquello se le quedaría grabado en esa cabecita suya.

—Atención, turistas —dije, llamando su atención—. Estamos a punto de llegar al próximo PD. Es posible que queráis tomar asiento.

—Desde luego, capitán Hughes —dijo Hitchens, con una sonrisa alegre en el rostro.

—Me puedes llamar Jace, Doc —le dije.

El grupo se unió a Abigail y se abrocharon los cinturones por todo el salón. Fred tuvo que ayudar a Lex con el suyo, pero después de unos segundos, todo el mundo iba bien seguro.

Regresé a la cabina para hacer lo mismo.

—Siggy, ¿estamos listos?

—Saliendo en cinco —dijo la IA.

Salimos del túnel, desacelerando y levantando el campo. Me llevó unos cuatro minutos preparar el siguiente salto, así que saqué otro caramelo duro, de naranja esta vez, y lo desenvolví.

Esperé a que Siggy me diera el visto bueno para el siguiente salto mientras me acomodaba en mi silla, escrutando las pantallas digitales de las distintas cámaras a lo largo de la nave. Una de ellas mostraba la entrada del túnel anterior, todavía abierta y sin señales de cerrarse.

Los colores azul y verde destellaban en el interior, negándose a detenerse. Aguardé, esperando un cambio, pero no pasó nada. No se estaba cerrando.

—Siggy —dije, después de más de un minuto así.

—¿Señor? —preguntó.

Me apoyé en el tablero, mirando la pantalla.

—¿Por qué aún no se ha derrumbado el túnel? ¿Estamos demasiado cerca?

—No lo creo, señor. Nos hemos alejado lo suficiente como para que nuestra posición no tenga ningún efecto.

—¿Entonces qué es lo que va mal? ¿Por qué no se ha cerrado?

—Salvo que se trate de alguna anomalía, yo diría que otra nave está a punto de salir —dijo.

—¿Otra nave? —pregunté.

—Según los datos disponibles, ese escenario parece el más probable, señor.

—¿Estamos cerca de alguna estación espacial? ¿De alguna colonia? —pregunté.

—No, señor —dijo la IA—. No, a menos que se haya erigido una en las últimas tres semanas, desde mi última actualización.

Me planteé trasladar la *Estrella* a algún lugar cercano y más seguro, tal vez detrás de un asteroide o una luna, pero no había razón para sucumbir al pánico. Todavía no. Podía ser cualquier cosa.

—Empieza el siguiente deslizamiento, Siggy. Sácanos de aquí.

—De inmediato —respondió.

El campo cayó y Siggy activó el mecanismo de deslizamiento, abriendo el siguiente túnel. Avanzamos hacia la grieta para entrar en el túnel.

Nunca había sido de los que entraban en pánico, así que no saqué conclusiones precipitadas sobre quién estaba detrás de nosotros. Lo más probable era que no fuera nadie. Quizá solo un carguero o una nave de camino a algún planeta. En cualquier caso, no tenía nada que ver conmigo, así que no había razón para preocuparse.

Al menos, esa fue la historia que me conté.

CAPÍTULO 8

ALGUIEN LLAMÓ A mi puerta y abrí los ojos de golpe.

—Capitán, ¿está usted ahí? —escuché que preguntaba la voz.

Comprobé la hora. Para mi sorpresa, llevaba durmiendo casi seis horas. Por lo general no descansaba tanto tiempo con pasajeros a bordo.

—¿Qué pasa? —pregunté, incorporándome y girando para apoyar los pies en el suelo.

—Soy Frederick, señor —dijo.

—¿Qué quieres, Fred? —pregunté, metiendo la mano debajo de la cama para tomar un trago de agua de mi jarra.

—Esperaba hablar con usted, si tiene un momento.

Me levanté y abrí la puerta. Era un poco más bajo que yo. Probablemente siguiera creciendo, dada su edad.

—¿Qué? —pregunté, tomando un trago.

Abrió los ojos como platos mientras estaba allí.

—¿No debería ponerse algo de ropa?

Me miré a mí mismo y luego me reí entre dientes.

—¡Ups!

Fred se alejó.

—¡Lo siento mucho!

Me puse los pantalones.

—Ya está. ¿Qué quieres?

—Tenía que asegurarme de que estuviera al día sobre cuál es la misión, una vez que lleguemos.

Me abroché el cinturón y luego agarré mi camisa.

—¿Qué más da?

—¿Qué... más da? —preguntó, haciéndose eco de mis palabras.

—La última vez que lo comprobé, solo era vuestro vehículo. Un servicio de taxi con pretensiones.

—¿Eso es lo que le dijeron? —preguntó, mirando entre los dedos de la mano para comprobar si ya estaba vestido.

Enarqué una ceja.

—Más o menos.

—Ah —dijo, mirándome por fin—. El informe de la misión que recibí dice que se unirá a nosotros en la superficie. Sus servicios de protección están destinados a extenderse más allá de los confines de la nave.

—¿Quieres decir que esos sacerdotes esperan que también sea vuestros músculos?

—Junto con la hermana Abigail —dijo—. Nadie de la Iglesia tiene experiencia en combate. Ella es la única. Sin embargo, yo no me preocuparía. El único peligro pueden ser los animales salvajes. Allí no hay humanos. —Hizo una pausa—. Bueno, ya no.

Pensé en el trato que había hecho con Loralin. Ella no había mencionado nada sobre que yo protegiera a esas personas.

—No, ese no era el trato —dije—. Llama a tu jefa y dile que necesitaré más dinero.

—¿Más dinero? —preguntó.

—¿Qué? ¿Te preocupa que digan que no? —pregunté.

—No es eso —me aseguró—. Es solo que estamos demasiado fuera de alcance. La Iglesia no está equipada con un sistema de comunicaciones de alta calidad. La comunicación inmediata no será posible a menos que estemos en un sistema vecino.

Lo fulminé con la mirada.

Levantó las manos.

—¡Pero no se preocupe! Estoy seguro de que estarán de acuerdo una vez que regresemos. Puedo hablar en su nombre.

—Diles que quiero otros diez mil. ¿Entendido?

—Entendido —me aseguró mientras asentía.

Sonreí. Aquel trato mejoraba con cada minuto que pasaba.

—Está bien, chico. ¿De qué querías hablarme?

—Ah, claro —dijo, animándose—. Solo quería informarle sobre algunos detalles. A saber, la vida salvaje. No es exactamente agradable, pero mientras no nos desviemos de la ruta que ha trazado el doctor Hitchens, no debería pasarnos nada.

Me entregó una tablilla con un mapa desplegado. Cubría una buena franja de terreno, y la distancia entre la zona de aterrizaje y nuestro destino no era muy grande. Quizás una caminata de dos horas.

—Está bien —le dije, devolviendo el dispositivo.

—El lugar al que vamos está en la montaña. Es una especie de cueva, supongo, excepto que no es natural.

—¿Como unas ruinas? —pregunté.

—Precisamente —dijo—. Se han descompuesto tanto que ahora son parte del suelo. Se han hundido en la tierra. No esperamos ningún problema, pero es mejor contar con alguien que sepa desenvolverse, por si acaso. Supongo que podemos confiar en usted, capitán.

—No debería ser un problema —dije, señalando con la cabeza la pistola enfundada que tenía en la cómoda—. Soy un buen tirador.

No mucho después de que encontráramos el planeta, le ordené a Sigmond que nos dejara en la zona de aterrizaje, el lugar exacto que Fred había especificado.

El claro, un campo entre dos bosques, estaba lo suficientemente nivelado para propiciar un aterrizaje fácil. Desembarcamos y le dije a Sigmond que activara el campo hasta que regresáramos. No pensaba correr riesgos innecesarios con mi nave.

De pie fuera de las puertas de la bodega de carga, Hitchens me tocó el hombro. Llevaba un sombrero grande y absurdo para protegerse del sol, aunque sospeché que no tenía ni idea del aspecto tan ridículo que tenía.

—Ese es nuestro destino, capitán —dijo el doctor, señalando una montaña cubierta de nieve al este.

—Espero que no haya que escalar —comenté.

—Por supuesto que no. —Hitchens soltó una risilla—. Nunca podría hacer algo así. No; nos dirigimos a la base de la montaña. Un paseo fácil para alguien como usted, capitán. Aunque no tanto para mí.

Seguimos sus instrucciones y nos abrimos paso por el bosque. Tenía la pistola preparada. También me había llevado mi auricular, por si acaso Sigmond detectaba algún movimiento hostil, ya fuera en tierra o en el espacio.

Mientras caminábamos me fijé en varios pilares en la tierra, hechos a todas luces por el hombre. La mayoría estaban descoloridos y rotos, aunque algunos se mantenían erguidos. Por lo poco que pude deducir, tenían algún tipo de texto grabado en ellos, aunque siglos de lluvia lo habían hecho casi imposible de distinguir.

Me pregunté, brevemente, para qué eran esas estructuras. ¿Había habido una ciudad allí alguna vez, solo para ser borrada de la faz de la tierra? ¿O eran los pilares simples extensiones de algo mucho más grande, enterrado bajo la hierba y la tierra sobre las que estábamos caminando? Traté de imaginar una ciudad bajo mis pies, todos sus tesoros perdidos para siempre.

Ya nada de eso importaba. Quienquiera que construyera aquellas cosas había desaparecido hacía mucho tiempo, olvidado como tantos antes. Ese era el precio de la vida.

Un gran lamento resonó en la distancia, en algún lugar más allá de los árboles del bosque.

—¿Habéis oído eso? —preguntó Fred, mirando a su alrededor.

—Son solo animales —dije, todavía caminando—. Sigue adelante.

—¿Y si nos atacan? —preguntó, corriendo detrás de mí.

—Siempre podemos dispararles.

—Prefiero evitar matar cualquier cosa mientras estemos aquí —dijo el doctor Hitchens—. Aunque supongo que nuestra propia supervivencia debe ser lo primero.

—Él sí lo entiende —dije, señalando con el pulgar al doctor regordete.

Él se rió entre dientes.

—Soy un conservacionista cuando puedo evitarlo, pero un pragmático de corazón.

Di una palmada a mi pistola.

—Usted y yo, Doc.

Tardamos unas horas en llegar a la montaña. A medida que nos acercábamos al acantilado, el suelo se endureció y la piedra reemplazó a la tierra blanda.

Lex tropezó y cayó, asustando a la mitad de nuestro grupo. Abigail corrió hacia ella, con una expresión de pánico y miedo en el rostro. La niña se dio contra las rocas, se cayó y terminó raspándose la rodilla. Esperaba que llorara como cualquier otro crío, pero para mi sorpresa, no hubo nada de eso. Se limitó a ponerse de pie y continuó, casi como si nada hubiera pasado.

Sospeché que estaba acostumbrada al dolor, entumecida por todo el tiempo que había pasado en cautiverio, pero no pensaba preguntarle sobre aquello. El dolor de una persona era asunto suyo. Lo mejor era dejar que cada cual lo llevara en silencio.

Tras un paseo corto, nos encontramos frente a una caverna, pilares y esculturas a nuestro alrededor. Hitchens entró primero y descendió a la cueva mientras su asistente Octavia le sostenía la mano para estabilizarlo. Yo estaba junto a ellos, con la pistola desenfundada y preparada.

Llegamos al fondo, aunque era difícil ver algo.

—Un segundo —dijo el doctor, y sacó un pequeño dispositivo. Con solo presionar un botón, la pequeña máquina emitió una luz tan brillante que dio vida a la mayor parte de la cueva oscura. De repente, pude ver todo lo que nos rodeaba: docenas de máquinas enterradas, inoperativas y deterioradas durante mucho tiempo. Sobre nosotros, una cubierta de piedra y estalactitas. Fuera lo que fuera ese lugar, el mundo lo había recuperado, fusionando piedra y metal.

—Que baje todo el mundo—dijo Hitchens.

Lex, Abigail y Fred descendieron por la roca, con cuidado de mantener el equilibrio.

—¿Cuánto tiempo falta para llegar? —preguntó Lex.

—Ya no está lejos —dijo Hitchens—. Un poco más allá.

Seguimos el ejemplo del doctor cuando pasó junto a las distintas máquinas, ignorándolas. Fuera lo que fuera lo que buscaba, estaba claro que era más importante que todo aquello.

A medida que nos adentrábamos más en la caverna comencé a ver los restos de varios nidos de animales. Estaban compuestos de ramitas, alambres y metal. Varios trozos de cáscara de huevo rota yacían esparcidos por los nidos, cubiertos de polvo.

Atravesamos dos largos pasillos y, para mi sorpresa, comencé a ver luces a lo largo de las paredes y dentro de las máquinas. De alguna manera, la tecnología de aquella zona todavía estaba activa y operativa, aunque no sabría decir qué hacía, si es que hacía algo.

—Por aquí —dijo Hitchens, indicándonos que entráramos por otra abertura. La puerta de esa estancia estaba tirada en el suelo, cerca, agrietada y medio hundida. Era gruesa y estaba hecha de metal, demasiado grande para moverla.

El doctor iluminó con su dispositivo el centro de la habitación, revelando una mesa y lo que deduje que era un mapa estelar: un dispositivo semicircular con una cuadrícula en la parte superior. Una pequeña luz parpadeaba a un lado. Junto a ella, vi una silla reclinable unida a la máquina.

—¿Qué es este lugar? —murmuré.

—Lo llamamos el Cartógrafo —dijo Hitchens.

Se volvió hacia la consola más cercana, que estaba cubierta de polvo, pero aún funcionaba. Sacó una pequeña tarjeta de su cartera y la colocó sobre la superficie de la máquina.

Vi como la luz parpadeante se volvía fija y pasaba del azul al verde esmeralda. La cuadrícula del centro de la mesa parpadeó antes de solidificarse y encenderse por fin.

—Aquí estamos —dijo el buen doctor.

Observamos la máquina mientras cobraba vida. Un holograma de la galaxia se manifestó ante nuestros ojos, doscientos mil millones de estrellas pasaron a existir en unos pocos segundos.

Estiré el cuello hacia atrás para ver la extensión completa de la imagen.

—¿Habéis venido hasta aquí en busca de un mapa de la galaxia?

—En absoluto —respondió Abigail.

Hitchens le indicó a Lex que se acercara.

—Querida, por favor, siéntate aquí mismo.

Lex asintió y se dirigió a la antigua silla reclinada. Se subió a ella de modo que sus pies colgaran del borde, luego se inclinó hacia atrás y miró hacia el techo de piedra.

—Fantástico —dijo Hitchens.

Abigail se colocó junto a la niña y le tomó la mano.

—Todo irá bien. Estás haciendo un trabajo maravilloso.

Lex sonrió.

—Vale.

Hitchens introdujo un comando en la consola y escuché un clic, como si algo acabara de encenderse.

—Comando reconocido —dijo una voz femenina que no reconocí.

—¿Qué leches ha sido eso? —pregunté, sacando mi pistola.

—Tranquilo —dijo Abigail—. Es solo el ordenador.

—Ah —dije, enfundando mi arma.

—No es tan sofisticada como las IA típicas —dijo Hitchens. Escribió algo en la consola—. Veamos si podemos...

—Comando reconocido —dijo la voz.

—Ah, ya está —dijo el doctor con una sonrisa. Se giró en su asiento para mirar a Lex—. Quédate totalmente quieta, querida.

—De acuerdo —dijo Lex.

Salió una luz de debajo de la silla, y vi cómo se movía desde su cabeza hasta sus pies, y luego de vuelta, antes de que por fin se detuviera justo debajo de su cuello.

—Fiducial reconocido —dijo la voz—. Iniciando la recuperación de datos.

Lex miró a Abigail, quien continuó sosteniéndole la mano.

—Ya casi ha terminado —dijo la monja.

La pantalla del holograma parpadeó, luego desapareció brevemente, como si se estuviera reiniciando, y regresó de nuevo. De repente, un grupo de estrellas cambió de blanco a rojo, formando una sola línea, comenzando en nuestra ubicación actual y extendiéndose hasta la mitad de la galaxia.

La luz se desvaneció debajo de Lex y vi su rostro relajarse.

—Proceso completo —dijo la voz.

Todos contemplaron el mapa estelar que teníamos ante nosotros.

—Lo tenemos —exclamó Fred. Dio una palmada—. ¡Después de todo este tiempo, ahí está!

—Parece que la espera ha valido la pena —comentó Hitchens.

Los miré a todos por turnos.

—¿Alguien puede decirme lo que acaba de pasar? ¿Qué es esta cosa?

—¿No es obvio? —preguntó Octavia, que había estado bastante callada antes—. Es un mapa.

—¿Habéis venido hasta aquí por un mapa?

—Capitán Hughes, le ruego me disculpe —dijo el doctor Hitchens, con una expresión de felicidad genuina en la cara—. Este no es un mapa cualquiera, amigo mío. En absoluto.

—Está bien, entonces, ¿cuál es el truco? ¿Qué podría ser tan importante para que necesitarais un mapa de una cueva vieja que os diga adónde ir? —Hice una pausa por un segundo—. ¿Y por qué narices se ha sentado la niña en esa silla?

—¿Así que ahora quieres saberlo? —preguntó Abigail—. Creía que no te importaba nuestra misión.

Fred se acercó a mí.

—Señor Hughes, ¿sabe qué es la Iglesia del Mundo Natal?

«Una secta», pensé, pero no lo dije.

—Un grupo religioso. Yo qué sé.

Fred negó con la cabeza.

—No somos una religión. Somos...

—¡Eh! —espetó Abigail, mirando al joven.

—No pasa nada. Se lo debemos por traernos tan lejos —dijo Fred. Se giró y me miró—. La Iglesia del Mundo Natal es más que una secta marginal, señor Hughes. Somos una organización científica dedicada a un objetivo singular.

—¿Y qué objetivo es ese? —pregunté.

—El descubrimiento del punto de origen de toda la humanidad —dijo Fred—. El mítico mundo perdido conocido como la Tierra.

No podía creer lo que estaba escuchando mientras estábamos en una caverna en descomposición de una civilización perdida.

—La Tierra —murmuré, tratando de no tomarme nada de aquello en serio—. Estáis buscando la Tierra.

—Correcto —dijo el doctor Hitchens.

—El planeta de cuento de hadas que nadie ha visto nunca. Aquel en el que la gente solía luchar contra dragones y usar magia. Esa Tierra.

—No nos creemos esas partes —comentó Fred—. Pero al igual que otros mitos, creemos que la semilla de este tiene algo de verdad.

—¿Entonces creéis que la Tierra es real y esta —señalé al holograma sobre mi cabeza— cosa, este mapa, os mostrará cómo llegar allí?

—Exacto —dijo Hitchens—. De hecho, esto lo confirma.

—¿Cómo estás tan seguro? —pregunté.

Hizo una pausa y miró a Lex, luego otra vez a mí.

—Tenemos nuestras razones. Quizás si usted...

Un grito llenó la cueva y me obligó a protegerme los oídos.

—¿Qué co...? —grité.

El grito continuó, provenía de algún lugar cerca de la entrada.

—Creo que es un animal —dijo Fred, sacando su escáner—. No tengo ninguna lectura.

—¿Qué hacemos? —preguntó Hitchen.

Saqué mi arma y apunté hacia la puerta abierta.

—Quedaos detrás de mí —les dije.

Abigail se colocó a mi lado mientras sacaba su propia arma, una pistola artesiana de ocho tiros, por lo que parecía. Quería criticarla por subir una pistola a bordo de mi nave, pero decidí no hacerlo. Le gritaría más tarde, cuando no nos atacara una manada de animales salvajes.

—Espero que tengas buena puntería —le dije.

—Mejor que la tuya —respondió.

Escuché otro aullido, esta vez más cerca. Una sombra se movió desde más allá de la abertura, y apreté el gatillo con fuerza.

Los monstruos entraron corriendo en la estancia, furiosos y con las mandíbulas llenas de espuma.

Convertí a uno en cadáver con un solo disparo en el cráneo. Aparecieron tres más al instante y cargaron contra nuestro grupo.

Abigail acertó al primero en la pierna y el pecho, provocando que se tambaleara un momento antes de que la última bala se hundiera en el hocico del animal, enviando trozos de cerebro contra la pared más cercana.

Me centré en los otros dos y disparé sin dudarlo. Siete disparos salieron del cañón de mi arma, cada uno con un propósito distinto, todos perforaron la carne.

Las bestias se derrumbaron casi a la vez, deslizándose unas sobre otras. Seguí disparando con precisión, acertando a todos los miembros vivos de la manada a medida que se acercaban.

Una pila de cuerpos se formó a un metro frente de la entrada, bloqueándonos la vista. Vi a una de las bestias saltar sobre sus hermanos caídos, con hambre en los ojos. Cayó sobre Abigail, con la mandíbula lista para partirla en dos, pero ella levantó su arma y disparó.

La bestia cayó sobre ella, tirándola hacia atrás, y por primera vez vi lo verdaderamente enormes que eran los animales. Cubría la mayor parte del cuerpo de Abigail. Apenas podía verla.

Se quitó al animal de encima, revelando manchas de sangre donde las balas le habían perforado las tripas. La ayudé a ponerse de pie y ella se secó la frente. Le temblaban las manos, pero su rostro estaba tranquilo. «No está mal para ser una monja», pensé.

Le dediqué un leve asentimiento, luego volví a mirar a la entrada, levanté la pistola y esperé.

No pasó nada después de eso. Solo hubo muertos silenciosos.

CAPÍTULO 9

ESPERAMOS A QUE Hitchens descargara el mapa en su dispositivo antes de irnos. Casi nadie dijo una palabra hasta que salimos de la cueva.

Con la excepción de Abigail y de mí, dudaba que los demás tuvieran alguna experiencia real en el combate. Ver sus expresiones, llenas de confusión y miedo, me recordó que no todos tenían la habilidad necesaria para sobrevivir allí. Solos no.

Abigail, que todavía tenía manchas de sangre animal en la ropa, caminaba junto a Lex. La compostura de la niña seguía impresionándome. Nunca lloraba, nunca mostraba ni una pizca de pánico. No pude evitar preguntarme por qué.

Llegamos al bosque bastante pronto, libres por fin de los confines de la cueva, y dije al grupo que hiciéramos una pausa. Tardaríamos dos horas enteras en volver a la *Estrella*, y estaba claro que algunos de ellos necesitaban un descanso.

—Se lo agradezco —jadeó Hitchens, que intentaba recuperar el aliento. Se sentó debajo de un árbol grande y se abanicó con el sombrero.

Octavia sacó una cantimplora de agua y se la pasó.

—Aquí tiene, señor —dijo.

Él bebió y derramó un poco sobre su camisa.

—Gracias, querida.

Miré a Fred y le hice señas para que se acercara.

—¿Sí, señor? —dijo el joven erudito.

—No creas que he olvidado lo que me has contado allí —dije, señalando en dirección a la cueva—. ¿Toda esa historia sobre la Tierra? ¿Esa tontería del mapa? También sigo queriendo saber qué pasa con la niña.

—P-por supuesto —tartamudeó Fred.

79

—Hay más detrás de todo esto —dije, levantando la ceja—. Mucho más.

—Bueno —comenzó, con una mirada de vacilación en el rostro—. No puedo contárselo todo. Creo que eso depende del Consejo.

—¿En serio? —pregunté.

Levantó las manos.

—Pero lo harán, estoy seguro. No se preocupe. Nos ha salvado la vida a todos. Es un héroe, señor Hughes.

—Soy un pistolero a sueldo —le corregí.

El asintió.

—C-correcto, por supuesto. Lo que quiero decir es que hoy ha sido vital para nuestro éxito. El Consejo sabrá apreciarlo y es probable que le pidan más ayuda.

Incliné la cabeza.

—¿Más ayuda?

—En efecto. Necesitaremos ayuda si queremos alcanzar esas coordenadas. Ha visto adónde iba el sendero, ¿no es así? Está al otro lado del territorio devastador. Necesitaremos su dispositivo de camuflaje para lograrlo.

—Espera un segundo, chico. Nunca accedí a nada más que a este trabajo. Tengo cosas que hacer.

—¿Incluso si hay dinero en juego? —preguntó.

—Ya veremos cómo me siento con la oferta cuando me la hagan —respondí.

—Típico renegado —dijo Abigail.

Fred y yo nos giramos y la vimos de pie a unos metros de distancia.

—Solo te preocupas por ti mismo. ¿No has escuchado lo que ha dicho el doctor? —preguntó la monja.

—¿Te refieres a la Tierra? —pregunté con una sonrisa—. ¿El planeta inventado que no existe?

—Sí existe. Has visto el mapa. Abre los ojos.

—Lo único que he visto ha sido una carta astral galáctica estándar con algunas luces parpadeantes. Nada especial. Definitivamente nada que me dijera que una de ellas era la Tierra.

—Dale tiempo —dijo Fred—. No ha visto lo que tú has visto, hermana.

—Así es, hermana —le dije, guiñando un ojo—. Deja de mosquearte.

—No tienes remedio —dijo con desdén y luego caminó hacia donde estaba sentada Lex.

—Seguro que hay más en ella que una monja —le dije.

—Pues sí —asintió Fred—. Espera hasta que la hagas enfadar de verdad. He oído que mató a seis hombres cuando rescató a Lex.

—Bueno, eso sí que me lo creo.

—Abrochaos el cinturón y agarraos fuerte —dije por el comunicador mientras me sentaba en la cabina de la *Estrella Renegada*—. Siggy, súbenos y sácanos de aquí.

—De inmediato, señor —dijo la IA.

Los motores se encendieron y sentí que mi asiento temblaba. La nave comenzó a despegar y vi que el campo verde se desvanecía en una mancha distante. Nos retiramos al cielo, por fin, y me recliné en el asiento, contento de haber terminado ya en aquel lugar.

El horizonte naranja se volvió púrpura y luego negro cuando entramos en la termosfera. Unos instantes después, abandonamos la órbita.

—Llévanos a Arcadia, Siggy —dije.

—Introduciendo coordenadas —dijo, y vi como el mapa estelar se transformaba y reflejaba nuestra ruta.

Poco rato después, la abertura de un túnel de deslizamiento se formó ante mí. Cuando entramos en la masa arremolinada de desliespacio azul y verde, de repente me sentí exhausto.

Me miré las manos. Estaban sucias, cubiertas de mugre y, para mi sorpresa, un poco de sangre. «Necesito una ducha», pensé; luego me levanté de la silla.

—Siggy, llámame si hay una emergencia.

—Sí, señor —respondió.

En el salón, varios de mis invitados se habían reunido, y solo Abigail y Lex estaban ausentes.

—Ah, capitán —dijo Hitchens, saludándome.

—Habla con Sigmond si necesitas algo —le dije—. Necesito dormir.

—Esperaba hablar con usted sobre...

—Dormir —dije, levantando la mano.

Se quedó allí sentado, con la boca un poco abierta, luego la cerró y asintió.

Me fui directo a mi pequeña habitación y me desnudé, listo para deshacerme de ese hedor y desmayarme en la cama.

Me desperté babeando, saliendo de un sueño profundo. Me sentí como si hubiera estado muerto, con el cuerpo muy rígido y tenso.

—Siggy, ¿cuánto tiempo he dormido? —Tenía la garganta seca, así que bebí un trago de mi jarra de agua.

—Diez horas y media, señor —dijo la IA.

—Mierda —murmuré—. Supongo que lo necesitaba.

—Eso parece —corroboró Sigmond.

Me puse los pantalones y dejé la cama como estaba, con las mantas revueltas y una parte de ellas en el suelo. No me molesté en ponerme una camisa.

El salón estaba vacío, a excepción de Fred, que estaba sentado solo, bebiendo café.

—Buenos días —me saludó con una sonrisa genuina.

—Vete a la mierda —le respondí—. Sírveme una taza de eso, ¿quieres?

—Por supuesto —dijo.

Me senté en mi silla favorita y me froté los ojos.

—¿Todos los demás están durmiendo?

—Es temprano —dijo mientras colocaba una taza sobre la mesa.

No bebí nada por el momento. En cambio, me recreé en el aroma con una larga inhalación, esperando a que se enfriara. El café de mi nave no era el mejor, pero el olor era como una droga.

Fred se sentó frente a mí, bebiendo solo, y continuó leyendo su tablilla.

—¿Alguna noticia de la Unión? —pregunté—. Ya sabes que todo eso es propaganda.

—Estoy de acuerdo. Esto son solo unas notas. He estado investigando la tecnología del desliespacio y sus aplicaciones teóricas. Hay algunos artículos prometedores en circulación.

Gemí y por fin bebí un trago.

—Deja que se me despeje la cabeza antes de entrar en todo eso.

—Lo siento —dijo.

—No pasa nada. —Tomé otro trago y dejé escapar un suspiro relajado—. Dios, qué bueno.

—Deberías probar el que tenemos en Arcadia. Nunca había probado un café tan bueno.

—Ah, ¿no? —pregunté, repentinamente interesado.

—Lo traen una vez al mes, junto con un montón de otros suministros. Todos son productos de alta calidad de Din.

Reconocí el nombre de inmediato. Din era el hogar de una organización mercantil conocida como Sociedad Comercial Dinesiana. Se especializaban en bienes de consumo, específicamente en todo el espacio de la Unión, y como cualquier otra entidad corporativa importante, tenían un punto débil. La SCD estaba metida en el contrabando de productos exóticos, una táctica comercial que a la Unión no le gustaba. Aun así, eso no los detenía, y subcontrataban a tipos como yo que estaban felices de aceptar los créditos.

—Eso tiene que costar un ojo de la cara. O dos.

Él asintió.

—Pues sí.

—Déjame preguntarte algo, Fred —dije, tomando otro sorbo—. ¿Cómo es que una extraña sectita como la tuya mueve tanto dinero? ¿Engañasteis a algunas ancianas para que vaciaran sus carteras?

Fred rio.

—¿Has oído hablar de un hombre llamado Darius Clare?

Dije que no.

—Fue arqueólogo de la Unión hace aproximadamente un siglo —dijo Fred—. Trabajaba para un departamento especial dentro del Gobierno. Su misión era investigar informes de reliquias desconocidas y rarezas fantásticas, dondequiera que se encontraran.

—¿Y? —pregunté, para nada impresionado.

—Bueno, él y su equipo operaban en todo el espacio conocido, viajaron a casi sesenta planetas en busca de conocimiento. Descubrieron muchas antigüedades fascinantes para las que no había explicación. La mayoría fueron catalogadas y almacenadas por la Unión, y nunca más se las volvió a ver. Algunas —hizo una pausa y me dedicó una sonrisa maliciosa— desaparecieron.

—¿Esto va a alguna parte? —pregunté, tomando otro trago, solo para darme cuenta de que la taza estaba vacía. Fruncí el ceño—. No soy un gran aficionado a la historia.

—Todo es importante, se lo aseguro.

Me levanté y me serví otra taza.

—De acuerdo.

Fred continuó.

—En cierta excavación, Darius y una mujer llamada Reslin Gaile, su pareja y futura esposa, descubrieron un dispositivo de almacenamiento de dos mil años de antigüedad. Al principio no pensaron en ello, ya que tales máquinas eran comunes en excavaciones como aquella y, por lo general, no contenían nada de verdadera importancia. Por lo general, se puede encontrar una entrada de registro o el diario personal de alguien. Es históricamente interesante para los eruditos, aunque no era exactamente pertinente para la misión de Darius. —Fred se inclinó—. Sin embargo, cuando él y su compañera regresaron al laboratorio, comenzaron el proceso de recuperar los datos almacenados dentro del dispositivo. Se necesitaron varias semanas para reconstruirlo por completo. Cuando por fin lo hicieron, descubrieron un mensaje.

—¿Qué decía? —pregunté.

—«La Tierra está restaurada. Iniciar Proyecto Reclamación».

—¿Qué significa eso? —pregunté mientras dejaba la taza en la mesa.

—Eso es lo que Darius quería saber. Se emocionó con el descubrimiento, por lo que regresó con sus superiores para intentar obtener apoyo para expandir el proyecto, esta vez con otro enfoque. Quería buscar más pistas sobre la Tierra.

—Déjame adivinar —dije—. Lo mandaron a paseo.

—No, al principio no. Los líderes de la Unión se sintieron muy intrigados por los datos que había recopilado Darius.

Continuaron financiando sus esfuerzos e incluso lo nombraron jefe de departamento. Siguió trabajando para ellos durante otros doce años, buscando reliquias relacionadas con la Tierra, ampliando su equipo y consiguiendo más pistas.

—¿Qué pasó?

—No pudo entregar nada sustancial. Después de un tiempo, sus superiores perdieron la fe en él. Lo dejaron ir.

Me reí.

—Era de esperar.

Fred esbozó una sonrisa irónica.

—¿Lo era? Darius sabía lo que perseguía la Unión. Había encontrado datos sobre la tecnología perdida de la Tierra y sabía lo que haría el Gobierno una vez que la tuviera. Se llevó su investigación y dejó la organización, pero no se rindió. Él y varios miembros de su equipo continuaron buscando la verdad. Decidieron que su misión sería descubrir el mundo natal. —Miró la tablilla que tenía en la mano y sonrió—. Años después de dejar su trabajo, Darius descubrió un archivo lleno de información en el interior de unas catacumbas antiguas debajo de una montaña en un pequeño mundo colonial, muy alejado del espacio de la Unión. Entre esos datos de valor incalculable, destacaba una única imagen.

Dio la vuelta a la tablilla para mostrarme lo que estaba viendo: un planeta, azul y verde con continentes extensos. No lo reconocí, a pesar de mis muchos viajes.

—¿Qué es eso? —le pregunté, tomando la tablilla y examinando la imagen más de cerca.

—¿No es obvio? —preguntó Freddie, y supe que lo era—. De aquí es de donde venimos todos, señor Hughes. Esta es la Tierra.

Capítulo 10

No me creí ni la mitad de lo que Fred me dijo. Joder, ni siquiera estaba seguro de haberlo entendido. ¿Un planeta sin descubrir, con un tesoro ilimitado, oculto durante dos mil años, y resultaba ser el legendario punto de origen de toda la raza humana?

Por favor. No era un idiota rematado, como el resto de aquellos tontos. Ya podía ver a dónde querían llevarme, intentando convencerme de una gran mentira, solo para no tener que pagarme lo que me debían. Ayuda a la causa, me dirían, solo que los tejemanejes monetarios no me resultaban ajenos. Pero a lo mejor estaba equivocado y de verdad creían en todo eso. Quizá todos fueran buenas personas.

Solo que no estaba dispuesto a renunciar a mis honorarios por el avance de la humanidad, incluso si todo era cierto. Tenía una deuda que saldar.

Me senté en mi cama, chupando un caramelo, reproduciendo en mi cabeza los acontecimientos de Epsilon tal como habían sucedido. Pensé en Lex mientras estaba sentada en esa silla, y en la máquina antigua que había cobrado vida, revelando una línea de puntos de un extremo a otro de la galaxia.

«Gilipolleces», pensé, recostándome y rascándome la nariz.

—Disculpe, señor —dijo Sigmond, su voz llegó por el altavoz de mi habitación.

—¿Qué pasa, Siggy? —pregunté.

—Nos estamos acercando al final del último túnel.

—Gracias por el aviso —dije—. Dile a los de la secta que se preparen.

—Tiene un don con las palabras, señor.

Siggy no lo diría exactamente así. Sabía que reduciría la vulgaridad. Siempre lo hacía. A veces necesitas expresarte, incluso aunque nadie más que tú pueda escuchar las palabras que estás diciendo.

Me bajé de la cama y me puse de pie.

—Qué ganas de acabar este trabajo, Siggy. Cuanto antes nos paguen, antes podré saldar mi deuda con Fratley.

—Por supuesto, señor. Sé cuánto odia relacionarse con otras personas.

—¿Es que me estás echando la bronca? —pregunté. A pesar de ser solo una IA, Siggy me entendía. Tal vez fuera por todo el tiempo que pasábamos juntos o el hecho de que estaba hecho para adaptarse a la personalidad de su dueño, pero sabía cómo meterse conmigo como lo haría un amigo. Entendía mis límites.

—Nunca se me pasaría por la cabeza algo así —respondió.

Toqué el botón que había junto a mi puerta, luego esperé mientras se abría.

—Tú solo recuerda que no tenemos tiempo para ser hospitalarios. Tenemos que conseguir ese dinero y enviárselo directamente a Fratley. Cuanto antes, mejor, no sea que pierda esta nave y todo lo que hay en ella, incluyéndote a ti.

—Preferiría que eso no sucediera, señor.

—Ya somos dos.

Mientras atravesaba la nave, escuché a Sigmond informar a todos los pasajeros de lo que estaba a punto de suceder. Corrieron de un lado a otro, tratando de recoger sus cosas, llenando la nave de barullo.

Entré en la cabina y me senté. Habíamos tardado dos días en hacer el viaje de vuelta. Para mi sorpresa, sentí como si acabáramos de irnos.

La nave tembló, una señal de que habíamos salido del túnel. Miré por la ventana más cercana para contemplar la oscuridad del espacio, las estrellas en la distancia.

Me incliné un poco e intenté ver si podía distinguir Arcadia.

Cuando fue apareciendo poco a poco, me imaginé que mi cuenta se llenaba de créditos. Cincuenta mil. Cien mil. Todo dependería de cuánto pudiera sacarle al Consejo. Esa gente era una mina de oro.

Fred me había pedido que me quedara con ellos para otro trabajo una vez acabado aquel, pero todavía no me había decidido. Si aceptaba el trabajo, tendría que irme y volver más adelante. No podía dejar que la deuda permaneciera sin saldar por mucho tiempo. No si valoraba mi vida. En cuanto pudiera, a más tardar esa misma noche, me iría directo a Fratley y le daría su dinero.

El borde del planeta flotaba a través del cristal, creciendo a medida que nos acercábamos.

Me fijé en que había algo diferente. El otrora tranquilo mundo de Arcadia ahora tenía varias naves esperando en órbita.

Las observé con curiosidad. ¿Formaban parte de los envíos comerciales que Fred había mencionado? No... No coincidían con el diseño. Aquellas eran naves triangulares y puntiagudas. Habían pintado círculos blancos con llamas verdes a lo largo de los cascos.

Eran naves devastadoras.

Se me puso la piel de gallina mientras permanecía allí, boquiabierto, mirando por el cristal. ¿Qué hacían allí los devastadores? ¿Por qué iban a perseguir a un grupo religioso que no valía nada? ¿Eran...?

Antes de que pudiera acabar el pensamiento, sentí que el suelo desaparecía y algo me empujaba contra la pared. Una explosión sacudió la nave y sonó una alarma en los pasillos.

—¡Sigmond! —grité—. ¡Activa el campo y sácanos de aquí!

—De inmediato, señor —respondió.

Abigail salió corriendo de su habitación desde el otro extremo del salón.

—¿Qué ha sido eso? —gritó.

—Nos atacan. Hay una flota de devastadores ahí fuera —dije, señalando en dirección al planeta.

—¿Devastadores? —preguntó—. ¿Qué has hecho?

—¿Yo? —espeté—. ¿Qué te hace pensar que he hecho algo?

—Señor, el campo está activado, pero estoy recibiendo un mensaje —anunció Sigmond—. ¿Debo aceptarlo?

—Ponlo en el altavoz.

Lex se unió a Abigail en el pasillo.

—¿Qué pasa? —preguntó la niña.

—Nada —dijo Abigail—. Nos estamos ocupando del tema.

—Me estoy ocupando yo —corregí.

—Señor, el canal está abierto. Está usted recibiendo, pero nosotros no transmitimos —dijo Sigmond.

—Escuchémoslo —dije.

Un segundo después, una voz familiar salió del altavoz de la nave.

—Jace Hughes —dijo el hombre que conocía como Fratley—. Ya era hora de que aparecieras. Te he estado esperando.

Fratley era la última persona que esperaba escuchar por el comunicador ese día. Todavía tenía algo de tiempo en el reloj antes del vencimiento de mi deuda. ¿Qué estaba haciendo allí?

—Jace —dijo Fratley, su voz resonó por toda la nave—. Háblame, viejo ladrón. ¿Crees que puedes esconderte con el campo que te di? Deberías ser más listo.

—¿Eso significa que puede vernos? —preguntó Abigail.

—No lo sé —murmuré.

—Jace, me has hecho daño. Me has hecho mucho daño —dijo Fratley—. Deberme dinero es una cosa, pero mataste a dos de mis hombres en Galdion. ¿Creías que no me daría cuenta de que eras tú? Luego vienes aquí, a las Tierras Muertas, intentando esconderte de mí. Eso es muy cobarde, Jace, pero ¿qué puedo esperar de un hombre que vino pidiendo un campo de invisibilidad, de entre todas las cosas?

Sentí un nudo en el pecho.

—Maldita sea —dije, golpeando la pared con los nudillos y haciéndolos crujir.

—Pero sabes que soy un tipo justo, Jace. No soy de los que guardan rencor, excepto que me debes un montón de créditos y los necesito con urgencia —dijo Fratley—. Derribaste dos de mis naves, y lo dejaré pasar si estás dispuesto a pagar lo que debes. ¿Me sigues, Jace? ¿Estás escuchando lo que digo?

«Ese pedazo de...».

—Cien mil. ¿Tienes los créditos? —preguntó Fratley.

—Sigmond, empieza a transmitir —le ordené.

—Sí, señor. Un momento —dijo Sigmond—. Adelante, señor.

—Fratley, soy yo —dije.

—Ah, ahí está —exclamó Fratley.

Respiré hondo.

—¿Qué tal? —pregunté, intentando sonar relajado—. Iba de camino a hablar contigo. Gracias por ahorrarme el viaje.

—¿Eso significa que tienes mis créditos?

—Tengo una parte, pero no todo. Esa cantidad de dinero requiere tiempo.

—Eso no es lo que necesito escuchar, Jace. Hoy esperaba tener un buen día, pero ya me has decepcionado. Mataste a mis hombres, hiciste pedazos mis naves, así que ahora me debes lo que he perdido. Tampoco intentes escabullirte. He visto los hologramas. Sé que el de Galdion eras tú.

—Fratley, seamos razonables —dije—. Esas dos naves me atacaron cuando salía del planeta con un trabajo. Un trabajo, debo añadir, que tuve que aceptar para poder pagarte. Además, me dispararon primero. ¿Qué se suponía que debía hacer?

—Te lo diré, Jace: no derribar a mis luchadores. Eso es lo que no haces —dijo Fratley.

—¿Qué tal si te pago veinticinco mil ahora y luego te consigo el resto? —pregunté—. Estoy en medio de un trabajo y a punto de aceptar otro. Puedo pagarte con intereses cuando ambos terminen. —Silencié el comunicador—. Empieza la transferencia, Siggy. Si ve el dinero, a lo mejor se calla.

Unos segundos después, el tono de Fratley había cambiado.

—Ah, eso es lo que me gusta ver —exclamó—. ¿Sabes, Jace? Tuve a uno de mis luchadores siguiéndote por un tiempo. Tenía que asegurarme de que no estabas huyendo de las Tierras Muertas, tratando de escapar.

—¿Me seguiste? —pregunté, recordando el túnel de deslizamiento y el hecho de que no se había cerrado de inmediato.

—Sabes que son solo negocios, Jace —dijo—. No te preocupes. Vi a donde fuiste. Un planeta abandonado con un montón de ruinas antiguas. Supuse que debías de estar haciendo un trabajo de escolta. Eso puedo respetarlo, excepto que... —Hizo una pausa, y lo escuché lamerse los labios—. Tengo que preguntártelo, Jace. ¿Trabajabas para alguien de este planeta? Porque eso sería bastante desafortunado.

—¿Por qué? ¿Qué importa?

—Ay, Jace, pobre bastardo. —Fratley se rio—. Lamento decírtelo, pero me estaba impacientando sentado aquí esperando a que volvieras. Ya he mandado a mis chicos allí, y bueno, han estado ocupados matando. ¡Han estado ocupados matando todo el día!

Abrí los ojos como platos mientras miraba lentamente a Abigail. Tenía la boca abierta y parecía horrorizada, lista para decir algo. Me coloqué el dedo sobre los labios y, a su favor, hay que decir que mantuvo la compostura, al menos por el momento.

Respiré despacio, intentando no perder la cabeza. Sabía que Fratley era un trozo de mierda, pero asesinar a un grupo aleatorio de civiles era otra cosa.

—Fratley, llama a tus hombres. Necesito a esa gente viva. Solo así tendrás el resto de su dinero.

—Me temo que no puedo hacer eso, Jace. Verás, vinimos hasta aquí buscándote y llevamos un tiempo esperando. Sin embargo, mis hombres necesitan una oportunidad para soltarse, así que las cosas se han complicado un poco. Ya sabes cómo funciona.

Lex miró a Abigail, a punto de decir algo, pero la monja le indicó que se quedara callada. Las dos me miraron.

—Fratley, si los dejas morir, ¿cómo se supone que voy a pagarte?

—Supongo que no podrás—dijo Fratley, riendo un poco—. Chico, en menudo lío te has metido. Odiaría estar en tus patéticos zapatos.

—Maldita sea —murmuré.

—Te diré lo que haremos, Jace. Te daré unos días más para que consigas lo que me debes. Limítate a asesinar a algunas personas y a robarles lo que tengan. Es un trabajo fácil para un tipo como tú, ¿no?

—Pues claro, Fratley. Puedo hacerlo. —No tenía ninguna posibilidad de salvar la situación. Lo mejor que podía hacer era aceptar sus términos y correr como alma que lleva al diablo.

—Así me gusta. ¿Te importaría decirme qué estabas haciendo para estos sacerdotes? ¿Para qué tipo de trabajo te querían?

Miré a Abigail y Lex. Me devolvieron la mirada con expresiones aterrorizadas.

—Me pidieron que me asegurara de que el camino estuviera despejado para un viaje que querían hacer. Volvía para recogerlos.

—Es una lástima para ti—dijo Fratley—. Quizá la próxima vez trabajes más rápido.

—Lo haré —confirmé, sonando complaciente—. De todos modos, será mejor que me vaya si voy a pagarte lo que te debo. Cien mil créditos, creo que eran.

Fratley se rio.

—¡Tienes razón, Jace! Ah, pero antes de que lo hagas, tendré que pedirte que esperes unos minutos. Mis muchachos tienen que registrar ese montón de chatarra voladora que tienes.

—¿Registrar mi nave? Vamos, ¿es realmente necesario? No tengo nada. Lo único que conseguirás es retrasarnos a los dos.

—Considéralo un castigo por hacerme esperar —dijo Fratley.

«Si encuentra a Abigail y a los demás aquí, los matará solo para llegar a mí», pensé.

—Espera un abordaje en diez minutos —dijo Fratley—. Y Jace, será mejor que no intentes joderme de nuevo. ¿Entendido?

—Ni se me pasaría por la cabeza —dije, mirando por la ventana a la flota de naves devastadoras.

El altavoz se apagó.

—La otra parte ha cortado la comunicación —informó Sigmond.

Miré a Abigail y Lex, de pie una al lado de la otra. Detrás de ellos, Fred, Hitchens y Octavia estaban esperando, todos sus ojos puestos en mí. Debían de haber estado ahí todo el rato, pero ni siquiera había reparado en ellos.

—La... La Iglesia... —murmuró Fred—. ¿Están...?

—No pienses en eso —le dije—. No hay tiempo para llorar ahora mismo. —Si Fratley descubría a alguno de ellos en mi nave, los mataría a todos solo por estar cerca de mí. No le importaría.

«Maldita sea».

—Esto es por nosotros, ¿no? —preguntó Hitchens.

Cogí la cartera del doctor del sofá y se la lancé. La bolsa lo golpeó en el pecho, pero Octavia logró pescarla.

—Coged vuestras cosas. Todos. Lo digo en serio, y venid conmigo.

—¿Vas a entregarnos? —preguntó Abigail, su voz mucho más firme que la del resto.

—No seas idiota —contesté—. Os matarían a vosotros, y es probable que a mí también.

—Entonces, ¿cuál es el plan? —preguntó Octavia.

Caminé hacia la pared que había junto a la puerta de la cabina y luego golpeé el metal con los nudillos.

—¿Veis esto?

—¿La pared? —preguntó Fred.

Asentí.

—Siggy, ábrela.

—En seguida, señor.

En ese momento, el metal de la pared se transformó, deslizándose sobre sí mismo y revelando un área de almacenamiento oculta que se extendía debajo de todo el salón.

—Preparaos para apretujaros.

—¿Qué es eso? —preguntó Abigail.

—La mayoría llama a este tipo de cosas un escondite para el contrabando —dije—. Hoy es vuestra salvación.

—No estoy seguro de que quepa ahí —dijo el doctor Hitchens.

—Tengo otro lugar para ti —le aseguré—. Lo uso para los productos más voluminosos. Ahora, rápido, recoged todo lo que tengáis y traedlo aquí. No tenemos mucho tiempo.

Todos corrieron a sus habitaciones y volvieron al momento, todos con sus respectivos equipajes. Incluso Lex llevaba una pequeña bolsa a cuestas, aunque para mi sorpresa, no parecía nerviosa.

—¿Estás bien, chica? —pregunté.

—Tengo hambre —respondió ella—. ¿Puedo tomar más sopa de tomate?

Le dediqué una sonrisa socarrona.

—Te diré qué vamos a hacer. Haz lo que te digo y podrás hartarte a comer en unas pocas horas. ¿Qué te parece?

Ella sonrió.

—¡Vale!

Metimos tanto equipaje en la pared como pudimos, dejando suficiente espacio para Abigail, Lex y Freddie. Los tres entraron a gatas, luego maniobraron alrededor del equipaje y se apretujaron bajo el suelo debajo de nosotros. Se tumbaron de espaldas, mirándonos a través de las grietas del suelo.

—¿Todos cómodos? —pregunté, dando golpecitos donde estaba seguro de que estaba el rostro de Abigail.

—Estamos listos —respondió con voz apagada.

Le di a Siggy la orden de cerrar la pared.

—No digáis ni una palabra hasta que la nave esté despejada.

—Entendido —dijo Abigail.

Me volví hacia Hitchens y Octavia.

—Ahora vosotros dos.

Los tres nos dirigimos a la bodega de carga a toda velocidad.

—¿Aquí? —preguntó Hitchens.

Asentí.

—Siggy, si eres tan amable.

La puerta oculta se abrió en la parte trasera, detrás de una serie de cajas.

—Necesitaré ayuda para moverlas —les dije a los dos arqueólogos.

Los tres levantamos una de las cajas para apartarla del camino, lo que nos llevó más tiempo del que esperaba.

Cuando terminamos, pude ver la tensión en el rostro de Hitchens. Ya estaba sudando profusamente, respirando como si hubiera corrido una maratón. El doctor gordo se apoyó en la caja, pero señalé el escondite.

—No hay tiempo para parar. Entra y no digas una palabra. ¿Me has entendido?

Hitchens se secó la frente con un pañuelo.

—Sí, sí. Por supuesto, capitán.

—Bien. Ahora, date prisa —le dije.

Los dos entraron y vi como la puerta se cerraba.

—Señor, la nave de Fratley nos está indicando que atraquemos —anunció Sigmond.

—Justo a tiempo —contesté—. Dile que estamos listos para él.

Me di la vuelta y salí corriendo de la bodega mientras el corazón me latía tan fuerte que casi se me salía del pecho.

Capítulo 11

La nave devastadora atracó con la *Estrella* y una docena de hombres armados con armadura roja entraron por la compuerta.

Detrás de ellos, un hombre de barba fina y cejas pobladas los seguía. Llevaba un sombrero pequeño y redondo con adornos dorados. Con la mano izquierda sostenía un bastón fino con tallas primitivas, algo que de lo que se había apropiado en un planeta remoto. Lo llevaba no porque necesitara la ayuda, sino porque sencillamente le gustaba el diseño.

—¡Jace! —El hombre me dedicó una sonrisa amplia e inquietante—. Mi estafador favorito.

—Hola, Fratley —lo saludé, observándolo mientras caminaba por el pasillo exterior.

Fratley se acercó a mí y me dio varias palmaditas en el hombro.

—Ahí estás, viejo amigo. Deberías habernos traído a mis chicos y a mí algunas bebidas mientras esperabas.

No me molesté en sonreír.

—Hay café.

Me ignoró y continuó adentrándose, observando la nave como si fuera la primera vez que la veía.

—Vaya, qué morralla más fina te has montado con este cubo.

—¿Qué puedo decir? Me gusta decorar —dije, mientras caminaba despacio detrás de él.

Entró en el salón y se derrumbó en una de las sillas.

—Ah, esto sí que me gusta. —Frotó el largo de la tela con la mano.

—Me alegro de que sea de tu agrado—dije.

—Te mimas, Jace. Espero que no te estés gastando el dinero que me debes en sillas elegantes.

No dije nada. Fratley sabía de sobra que no había hecho demasiados cambios en la nave después de conseguirla. Las únicas excepciones habían sido algunas cosas en mi habitación personal, la cafetera, el núcleo neuronal de Sigmond y, por supuesto, el dispositivo de camuflaje.

Sonrió al devastador armado que tenía más cerca.

—¿Tú qué opinas? ¿Deberíamos llevarnos estas sillas a la nave? —preguntó Fratley entre risas—. No, solo estoy bromeando. Tenemos buen material en la nave, ¿no es así, chicos?

—¿Querías ver el resto de la nave? —pregunté.

—Ay, Jace, siempre sabes qué decir. ¡Claro! Examinemos este pedazo de mierda con todo lujo de detalles. ¿Por qué no? —Se puso de pie y golpeó el suelo con el bastón. Ese gesto hizo que me detuviera y casi esperaba que Lex o Abigail gritaran.

Pero no pasó nada, afortunadamente. Parecía que esas dos tenían suficiente autocontrol para quedarse calladas. Bien por mí, ya que no estaba listo para morir ese mismo día.

Llevé a Fratley y a sus hombres por toda la nave y les enseñé todos los lugares que quería que vieran. Cuando llegamos a mi habitación, no había mucho que ver, aunque eso no impidió que sus matones tiraran la cómoda y el colchón. En menos de un minuto, las sábanas y la ropa estaban empapadas por un charco de agua derramada en el suelo. Miré la jarra que guardaba debajo de la cama y enterré la ira a toda prisa.

Fratley se limitó a reír.

—Son bruscos, pero se encargan del trabajo. ¿No estás de acuerdo, Jace?

—Lo que necesites —dije.

—Enséñame lo que tienes en la bodega de carga —ordenó.

Hice lo que me pidió y entramos en la bodega. Cuando entramos, sentí una mano en el hombro, reteniéndome. Miré hacia atrás y vi a uno de los devastadores que me indicaba que me quedara quieto.

Fratley se adentró en la habitación, haciendo girar el bastón en la mano. Miró a su alrededor, chasqueando la lengua mientras escudriñaba la bodega.

—Vaya, vaya, Jace —dijo, sacudiendo la cabeza—. No parece que hayas tenido mucho trabajo. Qué vergüenza lo de esos sacerdotes. Casi me siento mal por matarlos.

Intenté no mirar la sección de la pared donde sabía que estaban escondidos Hitchens y Octavia.

—Encontraré más. No te preocupes por eso.

Me miró por encima del hombro.

—Estoy seguro de que lo harás.

Fratley miró a su alrededor, sus ojos saltaban de un elemento a otro. Allí tenía varias cajas, en su mayoría llenas de herramientas y chatarra aleatoria que había ido encontrando. En otras palabras, basura. Esperaba que él comenzara a hurgar en todo, y tal vez que hiciera que sus muchachos tiraran algunas cajas. En cambio, se fijó en algo que había debajo de la barandilla. Algo que estaba cerca de donde se escondían Hitchens y Octavia.

Fue entonces cuando se me cayó el alma a los pies. Había dejado una caja descolocada, la que habíamos retirado para que ambos pudieran meterse dentro de la pared. ¿La había visto Fratley? ¿Se había dado cuenta de lo fuera de lugar que estaba?

Intenté moverme para poder ver lo que estaba mirando, pero el matón devastador mantuvo la mano en mi hombro con firmeza. Siempre podía darme la vuelta y patearle el trasero, pero con tantos matones detrás de él, estaba bastante seguro de que terminaría convirtiéndome en cadáver.

Por el momento, lo único que podía hacer era mirar y esperar que el bastardo no sumara dos más dos.

Fratley golpeó el suelo con el bastón mientras caminaba hacia donde estaba la caja. Se inclinó y miró hacia atrás, sin decir nada, y luego golpeó el cajón con la punta de su bastón.

—Me pregunto por qué esta caja está fuera de lugar —preguntó, inclinándose hacia delante para examinarla.

—No estaba bien asegurada —mentí—. Ya sabes cómo son a veces esos túneles de deslizamiento. Me encontré con algunas turbulencias al salir.

Agitó su bastón en dirección a los hombres que había a mi lado.

—Vamos a abrirla, muchachos.

Tres de ellos corrieron a su lado como los perros ansiosos que eran e intentaron abrir la tapa. Cuando resultó demasiado difícil, simplemente derribaron la caja de lado y derramaron sus tripas en el suelo.

Todos vimos como varias docenas de prendas de ropa caían de la caja, cada una en una bolsa de plástico sellada.

—¿Qué es todo esto? —preguntó Fratley—. ¿Ahora traficas con camisetas?

El grupo de devastadores se rio.

—Son de un trabajo que hice hace un tiempo. El cliente me dio unas cuantas como pago —le dije.

—¿Te pagaron con ropa? —preguntó, todavía riéndose—. Maldita sea, Jace. ¡No sabes ni tomarte un descanso!

No estaba mintiendo. El contenido de la caja de verdad procedía de un cliente, un hombre llamado Arte que me había pedido que robara algunas prendas de lujo de alta costura de una corporación llamada P&G Inc. La mayor parte de la ropa que había entregado se vendería bien en el mercado, excepto aquellas camisetas. Este conjunto particular de atuendos formaba parte de la línea con descuento, lo que significaba que no valían nada. Arte me había dejado quedármelas como un extra, pero no las necesitaba. Ni siquiera valían la pena el tiempo que llevaría venderlas.

Fratley dejó la ropa en el suelo, ignorando el resto de la bodega de carga.

—Creo que hemos terminado aquí —dijo mientras se acercaba a mí.

—Gracias por pasaros —le dije.

Hizo una pausa, con una sonrisa de complicidad en la cara.

—Ya que hoy has sido un buen chico, voy a ser sincero contigo, Jace.

—¿Sincero conmigo?

Él asintió.

—Vinimos aquí por ti, pero ese no es el motivo de que hiciera llover tanto fuego sobre esa Iglesia.

Enarqué la ceja sin decir nada.

—Verás, hay una orden de arresto dando vueltas en la red. Parece que la Unión va detrás de una monja, y en la foto que circula de ella va vestida con el mismo tipo de atuendo que usan estas personas. —Hizo un gesto a uno de sus hombres para que le entregara una tablilla y luego me la mostró. Efectivamente, era Abigail, vestida con un uniforme religioso. Parecía sacada de una grabación de seguridad—. Esta es ella, unos días después de que irrumpiera en un laboratorio de la Unión y secuestrara a una niña. ¿Te lo puedes creer, Jace? ¿Quién hace una cosa así? —Esbozó una sonrisa torcida.

—Eso es raro —dije, sucinto.

—Warrant dice que la monja mató a un hombre al salir. A un senador, por lo que he oído.

—¿En serio? —pregunté, intentando que sonara como si no me importara.

—Se supone que esta dama es una especie de asesina peligrosa, solo que supongo que no se le da muy bien ocultarse. Las cámaras de la Unión la captaron unas cuantas veces más después de eso. —Golpeó el teclado y me mostró otra foto—. Suena a broma, ¿verdad? Una monja asesina. ¿Quién lo hubiera pensado?

—Parece una locura. Espero que la pilles.

—Te diré lo que es una locura, Jace. Vengo hasta aquí a hablar contigo y te veo trabajando para la misma Iglesia que esa perra. Esa es una coincidencia muy loca, ¿no? La verdad es que hace que me plantee muchas preguntas.

Su mirada se volvió gélida y seria mientras me miraba.

Le sostuve la mirada. Si creía que podía intimidarme, ese idiota tenía que replanteárselo.

Se rio entre dientes.

—Solo estoy bromeando —dijo, y luego me dio una palmada en el hombro—. Estoy seguro de que encontraremos algo en la superficie, de una forma u otra. Si la chica no está allí, la encontraremos.

—Estoy seguro de que lo harás.

Me apuntó con su bastón, casi tocándome la frente con la punta.

—Te doy una semana más para que me consigas ese dinero, por cierto. No me obligues a buscarte de nuevo. No seré tan indulgente la próxima vez, ¿me oyes?

—Te traeré el dinero —dije, empujando el bastón con el dedo.

—Eso espero, Jace. Por mucho que me gustes, no puedo dejar que una deuda quede sin pagar. Es malo para el negocio.

Observé a Fratley y a su tripulación salir por la compuerta, asegurándome de que pudieran verme e intentando parecer relajado. Esperaría hasta que su nave se hubiera separado del todo antes de dejar que mis polizones salieran de sus escondites. Después de eso, no tenía ni idea de lo que iba a hacer.

Fratley me había dado una semana para recuperar su dinero. No había manera de saber si había dejado supervivientes en el planeta. Era probable que tuviera que dejar a esa gente en alguna roca, lejos de allí, y encontrar la manera de ganarme algunos créditos, y bien rápido.

Justo cuando parece que todo va a salir bien, es cuando todo se va a la mierda.

Es curioso que siempre suceda lo mismo.

—Abre —le ordené a Sigmond, y vi cómo la pared se deslizaba hacia arriba para revelar el compartimento oculto.

Una Abigail empapada apareció dentro, cubierta de sudor y respirando con dificultad.

—Tenemos que hablar —le dije mientras me hacía a un lado para que ella pudiera salir.

—¿Se han ido? —preguntó mientras salía del hueco.

—Por ahora, sí, y tú y yo vamos a tener una larga conversación sobre lo que está pasando con...

Lex asomó la cabeza por debajo del suelo.

—Ha sido asqueroso y apestoso. No quiero repetirlo nunca.

La ayudé a salir del agujero. Cuando estuvo libre, golpeé la pared y se cerró.

—Como estaba diciendo, tenemos que hablar.

Abigail se fue directa al dispensador de bebidas y pulsó el botón del agua. Bebió el líquido como si la hubieran privado de él durante días. Se me ocurrió que podría ahogarse si no bajaba la velocidad.

—¿Me estás escuchando siquiera? —pregunté.

—¿Sabías que el calor que hace ahí abajo? —Volvió a llenarse la taza de agua y siguió bebiendo.

—Claro que sí, pero era la única opción que teníamos. Ahora, ¿vas a responder a mi pregunta o tengo que volver a hacerla?

—No sé lo que me estás preguntando —dijo la monja.

—¿Mataste a un hombre para salvar a esta niña?

Ella dejó de beber.

—¿Qué?

—Fratley me ha enseñado una foto tuya en los laboratorios. Ha dicho que mataste a un senador. ¿En qué leches estabas pensando?

—No tuve elección. Yo... —Hizo una pausa, mirando a Lex, dudando de si acabar la frase—. Hablaremos de esto más tarde, en privado. Te lo contaré todo.

—No voy a hacer nada en privado contigo, señorita. Hablaré contigo y con Fred juntos... y esta vez quiero la verdad. —Me volví hacia la cabina—. Siggy, adelante, deja salir a los demás. Diles que vayan al salón y se pongan cómodos un rato, hasta que yo nos saque de aquí.

—¿Vas a salir del sistema? —preguntó Abigail, dejando su taza vacía sobre la mesa.

—Pues claro. No vamos a quedarnos aquí.

—Hay que buscar supervivientes de la Iglesia. Hay lugares seguros alrededor de la instalación. Hay que...

—Ahora mismo, no podemos preocuparnos por eso. Si Fratley me ve aquí parado mucho más tiempo, vendrá a por todos nosotros.

Empezó a decir algo, solo para cerrar la boca a continuación. Ella odiaba la idea de huir, de eso estaba seguro, pero también comprendía la realidad de nuestra situación.

—Solo para que lo sepas —continué—. Todavía pretendo cobrar por todo esto.

La dejé allí, me senté en la cabina y preparé los motores.

CAPÍTULO 12

LA *ESTRELLA RENEGADA* flotaba en una órbita amplia alrededor de la luna de Damos III, un sistema que no quedaba muy lejos de Arcadia. Los cuatro miembros de la Iglesia del Mundo Natal, junto con la pequeña niña albina, estaban sentados juntos en el salón, esperando a que yo hablara.

No sabía qué decir, excepto:

—¿Qué porras está pasando?

Octavia se puso de pie y miró a Lex.

—Oye, ¿qué tal si vamos a jugar un rato?

Una sonrisa entusiasta se formó en el rostro de la joven.

—¡Vale!

—Iré a buscaros cuando terminemos aquí —dijo Abigail.

—No tengas prisa —respondió Octavia cuando ella y Lex empezaron a irse.

En cuanto se fueron, Abigail volvió a girarse hacia mí.

—Estoy dispuesta a contártelo todo, Hughes, pero primero necesito algunas garantías.

—No es así como funciona, monja. En primer lugar, cuéntame exactamente qué estás haciendo con esa niña. Después de eso, decidiré si quiero garantizarte algo.

—No puedo simplemente...

—Si no te gusta, ahí está la compuerta. —Señalé la mitad trasera de la nave.

—Estoy seguro de que el capitán lo entenderá —dijo Fred.

—Así es —dijo el doctor Hitchens—. Ha hecho un buen trabajo protegiéndonos, ¿no crees?

—Solo lo ha hecho porque le pagaban —dijo Abigail.

Tenía razón. Hasta ahora, me habían prometido un pago. Uno bastante grande. Tal como estaban las cosas en ese momento, no tenía ninguna razón para ayudar a esas personas, excepto la vaga posibilidad de que me compensaran por lo que me debían.

—No os abandonaré por ahí. ¿Qué te parece eso para empezar?

Fred asintió.

—¿Ves? No hay nada de malo en contárselo.

—De acuerdo —se resignó Abigail—. Pero debes saber que te mataré si intentas entregarnos.

La mujer fue tan franca que casi me reí. No porque fuera gracioso, para nada. Solo porque nunca había conocido a nadie con unas pelotas como las de ella.

—Hecho.

Ella tomó aliento.

—Lex no es como las demás niñas —comenzó—. Es parte de algo mucho más grande.

—¿A qué te refieres? —pregunté.

—Hace varios años, antes de que la Iglesia supiera de ella, Lex era una niña pequeña que vivía en un planeta marginal conocido como Deo. Es un mundo agrícola y, por tanto, sigue siendo de poco interés para la Unión. Lex vivía allí cuando un grupo de científicos la encontró y se la trajo para investigar más.

—¿Por qué lo hicieron? —pregunté.

—Porque ella era diferente. No solo no se parecía en nada a las demás personas de su pueblo, sino que tenía un tatuaje bastante inusual en su cuerpo. Estoy segura de que lo has visto.

Respondí afirmativamente.

—El tatuaje tiene ciertas propiedades que no se parecen a nada que haya visto la Unión.

—¿Propiedades?

Ella asintió.

—¿Te acuerdas de la silla en la que se sentó, en esas ruinas? Su tatuaje activó el mapa. Por eso pudimos usarlo. Era la clave.

—¿Su tatuaje hizo eso? ¿Cómo funciona?

—Nadie lo sabe con certeza. Se cree que tiene un vínculo directo con una determinada tecnología.

—Una antigua —agregó Hitchens—. Específicamente, la ingeniería perdida de la antigua Tierra.

—La Unión descubrió la existencia de Lex debido a un rumor —continuó Abigail—. Se decía que una cápsula espacial aterrizó en un campo, y que el agricultor de esa tierra descubrió un bebé en su interior, con una extraña marca. Cuando un par de comerciantes de la Unión fueron a comerciar, oyeron el rumor y quisieron conocer a la niña del tatuaje. Se sorprendieron al ver que, en efecto, estaba viva y era real. La noticia acabó por llegar a la división científica de Unión, y no tardaron en encontrar a Lex.

—No sabemos si la Unión ha establecido la conexión entre el tatuaje de Lex y la Tierra —dijo Fred—. Lo que está claro es que entienden que hay algo importante en ella.

—Por lo que vi en los laboratorios, parecían estar experimentando con ella, tratando de replicar las propiedades de sus marcas —dijo Abigail.

—¿Qué es exactamente ese tatuaje? —pregunté.

—Como he dicho, es la clave, pero no sabemos cómo funciona y no sabemos por qué —respondió—. Lo único que sabemos es que funciona.

—En resumen, capitán —dijo Hitchens—. Esa niña es la clave para encontrar la Tierra. Puede que sea el único medio que tenemos para descubrirla.

—Si la Unión llega a ponerle las manos encima, acabarán por descubrir lo que nosotros ya sabemos: que tiene una conexión con la Tierra. Después de eso, harán todo lo que esté a su alcance para extraer los secretos que se esconden en ese tatuaje, sin importar lo que cueste —dijo Abigail.

—¿Qué les ha impedido hacerlo antes? —pregunté.

—El tatuaje en realidad es orgánico y depende de la propia biología de Lex para funcionar. La Unión entiende que, si ella muere, perderán la información —dijo Fred.

—Estaban trabajando en una forma de extraérselo cuando me la llevé —continuó Abigail—. No podía arriesgarme a que eso sucediera, así que actué antes de que estuviéramos listos. Fue entonces cuando las cosas salieron mal.

—Te refieres al senador —dije.

Ella asintió.

—Estaba recorriendo las instalaciones cuando me escapé. Sus hombres intentaron detenernos, pero logramos abrir una brecha. El senador nunca fue parte del plan.

—Cuando hablas en plural, ¿te refieres a ti y a Lex?

—Había otra persona ayudándome —dijo Abigail—. Se llamaba Peter. Murió al salir. Fue entonces cuando también mataron al senador. Hubo un incendio en uno de los pasillos. Protegí a Lex mientras Peter nos cubría.

—No es tu culpa —dijo Fred.

Solté una risilla.

—Claro que lo es. Corriste a ciegas y te cargaste la misión. ¿Qué creías que pasaría?

Ella me miró, aunque en sus ojos vi que no iba a discutírmelo.

—No hace falta que me lo digas.

La respuesta me pilló por sorpresa.

—Así que admites que te equivocaste. Eso es bueno. Ahora puedes aprender del error y mejorar. Tienes que cuidar a esa niña, así que no puedes volver a meter la pata.

Ella asintió.

Después de un silencio breve, Freddie se aclaró la garganta.

—¿Qué vamos a hacer ahora, capitán? ¿Tiene algún plan?

—No os llevaré de vuelta a la Iglesia —le dije con franqueza—. Pero tampoco os dejaré tirados.

Abigail levantó los ojos para mirarme.

—¿Qué quieres decir?

—Me debes un montón de dinero, señora. Todos vosotros. Espero que encontréis la forma de pagar, y bien rápido.

Hitchens, que había dicho muy poco hasta ahora, levantó el dedo.

—Es posible que yo tenga algunos créditos extra.

—¿Y eso? —pregunté.

—La Iglesia me envió hace poco una buena suma para mis gastos de investigación. Una especie de subvención.

—¿Cuánto? —pregunté.

—Diez mil, creo —dijo, tocándose la barbilla—. ¿Será suficiente?

—Ni de lejos, pero es un comienzo —dije—. ¿Alguien más?

—No tengo dinero. Estoy seguro de que podemos resolverlo —dijo Fred.

—Bien, porque hasta que lo hagamos, todos estaremos en peligro. Quizá no hayáis visto al tipo a cargo de esa pequeña flota. Su nombre es Fratley y es despiadado. Os torturará y matará a todos si descubre que estáis a bordo.

—Evitemos ese resultado si es posible —dijo Freddie.

—Podría haber una forma mejor —reflexionó Hitchens—. Dígame, capitán, ¿conoce a algún comerciante que se dedique a las reliquias o antigüedades?

—Es posible que conozca a un tipo —dije, imaginándome de inmediato a Ollie en Taurus.

—Si es así, la solución podría estar frente a nosotros.

—¿Cuál? —preguntó Fred.

—¿Se acuerda del Cartógrafo de Epsilon?

—¿Cómo podría olvidarlo? —pregunté—. Ser atacado por un grupo de animales salvajes siempre es algo memorable.

—Sin embargo, hay varios puntos de interés allí, además de las ruinas que visitamos. Octavia y yo, junto con otros investigadores de la Iglesia, hemos pasado los últimos años excavando ese planeta. Hemos descubierto varios artefactos que creemos que valen una pequeña fortuna.

—¿Y dónde están esas reliquias? —pregunté.

—En una pequeña instalación, no lejos de Arcadia. Puedo darle las coordenadas exactas, si quiere.

—No se trata del tipo de cosas que una persona cree que son valiosas, y luego resultan ser un montón de chatarra... ¿Verdad?

Hitchens agitó los brazos de un lado a otro.

—No, no, se lo aseguro, esas reliquias son muy valiosas, capitán.

Consideré la propuesta. Si tenía razón, podría significar librarme de Fratley para siempre. Si esas reliquias resultaban inútiles, era posible que no tuviera tiempo suficiente para hacer otro trabajo.

Estaría jodido de verdad.

—Está bien —dije al final—. A la mierda. No me convertí en renegado porque fuera fácil. Veamos qué puedes hacer, profesor.

—No soy profesor —me corrigió Hitchens.

—Me da igual —dije—. Siggy, ¿has estado escuchando?

—Como siempre —dijo Sigmond.

—Mete caña a los motores. Tenemos un depósito de chatarra que saquear. —Le tendí la mano a Hitchens—. Ahora oigamos esas coordenadas. No hay tiempo que perder.

Pensé en presentar una solicitud a largo plazo para hablar con Ollie en Taurus, pero decidí no hacerlo. Lo último que necesitaba era que alguien captara la señal y escuchara el mensaje. Se decía que la red era segura, pero me habían llegado rumores. Se hablaba de que la Unión tenía rastreadores para detectar palabras clave, y no podía arriesgarme a que me descubrieran antes de entregar la mercancía. Tendría que arriesgarme y confiar en la capacidad de Ollie para vender todo lo que le llevara. Si los productos eran decentes, no tendríamos ningún problema. Tendría que esperar para averiguarlo.

La instalación de la que me había hablado Hitchens se encontraba en un gran asteroide en un sistema llamado DX192-9444-0. Era el tipo de lugar que uno nunca visitaría, porque allí no había casi nada. Había un único planeta, claro, solo que era un gigante gaseoso con océanos de hidrógeno líquido en su superficie y poco más. Difícilmente el tipo de lugar al que irías en una cita.

Según la red, la teoría era que antes había otro planeta allí, más cerca de la estrella, pero al final había explotado y formado un cinturón de asteroides. La mayoría creía que se debía a que un cometa errante había impactado contra el planeta. Me daba la impresión de que ninguno de ellos lo sabía con certeza.

Cualquiera que fuera el caso, casi nadie iba por allí. El cinturón había sido minado y posteriormente abandonado, al igual que tantos otros sistemas cuyos recursos se habían drenado, y ahora era nuestro.

—Nuestro destino es uno de los asteroides más grandes —dijo Sigmond cuando entramos en el cinturón.

—Llévanos —ordené.

—¿Preparo el transbordador, señor?

—Sí, y ya que estás en ello, dile a Abigail y Freddie que se reúnan conmigo en la bodega.

—Como desee —dijo la IA.

Salí de la cabina y encontré a Lex corriendo por el anillo exterior del salón. Parecía estar jugando y murmurando para sí misma, como lo hace un niño cuando está en su propio mundo.

—Ay, señor Hughes, perdón.

Me hice a un lado para dejarla pasar.

—Cuidado —le dije—. Si tropiezas y caes, no voy a ayudarte.

—Lo siento —dijo ella.

—¿Qué tienes en la mano? —pregunté.

Me mostró un juguete pequeño, una especie de nave diminuta.

—Abby me lo dio en la Iglesia. Se llama Jerry.

—¿Jerry? ¿Qué clase de nombre es ese para una nave?

—No sé. Solo es su nombre —dijo, como si no aquello no fuera con ella.

—En fin, ¿por qué no estás con alguien? ¿La monja se ha cansado de ti?

Sacudió la cabeza.

—Abby está hablando con el doctor. Me aburría, así que me he ido.

—Chica lista —le dije—. Está bien, ve a jugar o lo que sea que estés haciendo.

Ella sonrió, luego se dio la vuelta y reanudó sus disparates.

Después de salir del salón, caminé a toda prisa hacia la bodega, donde encontré a Freddie y Abigail esperándome. Para mi sorpresa, Hitchens también estaba allí.

—Solo necesito a dos de vosotros. El doctor puede esperar en el salón o en su habitación.

—Necesitará que le ayude a localizar los elementos correctos —dijo Hitchens—. Ninguno sabe nada sobre mi trabajo.

—Tiene razón —dijo Abigail.

—Eso puede ser cierto, pero tienes que quedarte aquí.

—¿Por qué? —preguntó.

—Porque no tienes un traje espacial propio, y estás demasiado gordo para los míos —dije sin rodeos.

Freddie se quedó boquiabierto.

—Ah —murmuró Hitchens—. Ya veo. Bueno, eso tiene sentido, supongo.

—Puedes guiarnos desde aquí. Todos los trajes llevan una cámara que tiene conexión directa con los sistemas de la nave. Sigmond te colocará en el visor del salón.

—Eso es correcto —dijo Sigmond, su voz retumbando desde el altavoz del techo.

—Ah, bueno, eso facilita las cosas —dijo Hitchens, apoyando una mano en el costado.

—En cuanto a vosotros dos, espero que podáis con una caminata espacial. Los trajes están en ese casillero de allí. —Señalé lo que tenían detrás—. Preparaos y vamos allá.

—E-espere —dijo Fred—. No sé si puedo hacerlo.

Hice una pausa.

—¿Cómo dices?

—Nunca antes he hecho una caminata con microgravedad.

—¿Que qué? —pregunté.

—Nunca ha tenido una razón para hacerla.

Incluso Abigail se sorprendió.

—¿No hiciste el curso de capacitación? Es un requisito en la mayoría de los mundos de la Unión antes de que se te permita volar.

—Soy de Shadderack. Nuestro programa de formación no es lo que se diría prístino.

—¿Shadderack? —preguntó Hitchens.

—Es un planeta colonial poco conocido. No hacemos muchos viajes espaciales, por lo que la mayoría nunca tiene motivos para dejar el planeta. Yo solo lo hice porque mi educación requería...

—Ve al grano, Freddie —dije.

—Perdón. La mayoría de las veces nos sumergimos en agua durante una hora, caminamos y eso es todo. El instructor cierra la sesión y seguimos adelante. A la Unión no parece importarle, ya que casi nadie de Shadderack abandona el planeta, y mucho menos el sistema solar.

Fui al casillero y saqué un casco.

—Bueno, hoy vas a adquirir experiencia práctica. —Le puse el casco en los brazos—. Será un gran ejercicio de aprendizaje.

Fred miró la visera reflectante y se vio a sí mismo.

—Ay, madre.

Abigail tomó uno de los trajes del casillero y me lo entregó.

—Terminemos con esto.

—Ese es el espíritu —dije, sonriéndole a la monja—. Me gustan tus prioridades.

CAPÍTULO 13

ESTABA DE PIE en un asteroide, mirando a mis dos compañeros mientras bajaban del pequeño transbordador.

Freddie casi se cayó del vehículo, con la poca experiencia que tenía en caminatas espaciales antes de aquel día. Aun así, pareció comprender el concepto con bastante rapidez una vez que plantó los pies en la roca.

Abigail encendió la luz de su traje, iluminando la superficie del asteroide.

Toqué el lateral del transbordador y de él se desprendió una pieza plana de metal. Se desdobló en un gran carro flotante con un asa extensible. Eso facilitaría mucho el transporte de la carga una vez que la localizáramos.

Cerca de allí, vi desechadas varias piezas de maquinaria de perforación, la mayoría de las cuales probablemente no funcionaran. En la red se mencionaba una operación minera que había tenido lugar allí hacía unos veinte años, lo que convertía la mayor parte de aquel equipo en inútil y arcaico.

—Hitchens, ¿me escuchas? —pregunté, hablando a través del comunicador de mi traje—. Hazme una señal de que estás ahí.

—¿Está encendida esta cosa, Sigmond? ¿Puede oírme? —preguntó el doctor.

—Te escucho —confirmé.

—No creo que pueda oírme —dijo el arqueólogo.

No pude evitar poner los ojos en blanco.

—Siggy, ¿me oyes?

—Sí, señor —dijo la IA.

—Dile a Hitchens que se calle y nos diga adónde ir.

—Ah, ahora sí funciona. Capitán, al habla el doctor Thadius Hitchens. ¿Me recibe?

—Sí.

—¡Excelente! Ahora, si están listos para empezar, será un placer guiarlos.

—Adelante —le dije.

—Van a querer moverse por el área que tienen delante. ¿Ve esa piedra de allí? ¿La que parece un ojo grande? Poco después, encontrará la entrada de la mina. Ese es su destino.

—¿Eso es todo? —pregunté, sorprendido por lo simples que eran las instrucciones.

—No exactamente. Una vez dentro, el túnel se divide en varios más. Tendrá que seguir mis instrucciones explícitas si pretende llegar a la sala de almacenamiento.

—¿Habéis oído eso? —pregunté a mis compañeros.

—Alto y claro —dijo Abigail.

Ambos miramos a Freddie, que parecía estar preocupado por una piedra verde.

—¿Fred? —pregunté.

Levantó la vista de la piedra.

—Ay, lo siento. Solo estaba...

—¿Estabas escuchando siquiera? —preguntó Abigail.

Puso una expresión avergonzada.

—Lo siento mucho.

—Venga, vamos —le dije, mientras empujaba el carro hacia delante—. Tenemos trabajo que hacer.

Pasamos por la piedra que Hitchens había mencionado, que decidí que no se parecía tanto a un ojo, sino más bien a un testículo, aunque me guardé la observación para mí.

Un minuto después, vi la mina en cuestión. Una pequeña cueva que solo era visible si se estaba de pie directamente frente a ella. Los únicos signos de actividad eran los taladros dispersos que habían sido fijados al suelo mediante cables cerca de la entrada.

—Está bien, Doc, guíanos —dije por el comunicador cuando entramos en la cueva. Ante mí había un largo pasaje con varios senderos ramificados. Estaba demasiado oscuro para ver sin encender la luz de mi casco, que decidí poner en la posición más alta posible. La cueva no tenía paredes ni suelos planos. En cambio, todas las superficies eran igual de desiguales.

—Deberían desactivar la función de gravedad de los trajes —sugirió Hitchens—. No podrán caminar por ahí a pie.

—Si muero aquí, Hitchens, iré por ti —advertí, desactivando la opción de gravedad artificial. Me elevé ligeramente del suelo y mantuve la mano en el carro, que tenía sus propios propulsores en miniatura para permitir un mejor control.

Abigail y Freddie hicieron lo mismo, ambos colocaron un brazo en la barra del carrito.

—¿Adónde, Hitchens?—pregunté al final.

—Hay que tomar la primera a la izquierda, luego a la derecha, luego seguir recto... luego dejar atrás dos... no, tres túneles, y tomar el siguiente a la izquierda. Por último...

—¿Qué tal si nos lo dices a medida que avancemos? —sugerí.

—Ah, sí. Lo siento —dijo—. Por favor, giren la primera a la izquierda.

Los tres avanzamos, luego entramos en la cueva y nos dirigimos despacio hacia la oscuridad. En la primera bifurcación, giré el carro hacia el segundo túnel. Seguimos adelante, con Hitchens guiándonos a través del laberinto de túneles. No estaba seguro de cómo habían logrado los mineros hacer algo en un espacio de trabajo tan espantoso. A diferencia de una luna o un planeta, allí no había ni norte ni sur, ni un verdadero sentido de la dirección. Solo había adelante y atrás, rodeados de la misma piedra por todos lados. Me sentí como un insecto, abriéndome camino en lo más profundo del suelo.

Después de varios minutos, llegamos al final del último túnel y encontramos una abertura que conducía a una especie de caverna. No había puertas que la protegieran, ni barricadas de ningún tipo. A medida que nos acercábamos, pude ver que dentro no había nada significativo. Me pregunté si nos habíamos equivocado de camino en alguna parte.

Antes de que pudiera decir algo, Hitchens intervino a través del comunicador, con un tono de satisfacción en su voz.

—¡Ah, por fin hemos llegado!

—¿A dónde? —preguntó Freddie—. Aquí no hay nada.

—Claro que no. Esto es solo el vestíbulo. Debería haber un panel en la pared del fondo. ¿Lo ve?

En efecto, había un panel de control escondido en la esquina de la cueva. Al principio costaba verlo, ya que era del mismo color gris que el resto de la pared. Freddie flotó hacia él y abrió la tapa para revelar un teclado numérico.

—Lo tengo —dijo.

—Excelente —dijo Hitchens—. A continuación, marca lo siguiente: 6-6-4-2-9.

—¿Lo tienes, Fred? —pregunté.

—Sin problemas —dijo el erudito.

Presionó los números, sonó un clic fuerte después de cada uno, y luego...

Nada.

Nos quedamos allí en silencio, esperando a que sucediera algo.

—¿Estás seguro de que los has introducido bien? —preguntó Abigail.

—6-6-4-2-9 —dijo Freddie, repitiendo el código exactamente como lo había escuchado.

—Hay que esperar un momento —dijo Hitchens.

Un segundo después, el suelo comenzó a temblar cerca de donde estábamos, y luego una pared se abrió y se deslizó hacia el techo.

—Allá vamos —dijo Fred.

—¡Ajá! —dijo Hitchens—. Disculpad las medidas de seguridad. El cableado no es exactamente lo que podría describirse como ejemplar, aunque es eficaz.

—No importa —dije, flotando a través de la abertura—. Consigamos lo que hemos venido a buscar y salgamos de aquí.

El área oculta parecía contener un catálogo de artefactos de diseño similar al que había visto en Epsilon. No tenía ni idea de si alguno de ellos seguía funcionando, pero no importaba. Estaba seguro de que algún imbécil rico en algún lugar de la galaxia pagaría su peso en créditos para hacerse con aquella basura.

Joder, si Ollie podía vender adornos que construía con cables viejos que encontraba en los contenedores de basura, ¿por qué no aquello?

Cuando entré en la habitación final, sentí un peso repentino en el cuerpo y caí, pero me frené antes de golpear el suelo.

—Ay, Dios mío —exclamó Hitchens—. Debería haber mencionado que instalamos gravedad artificial en esta sección de la mina. Por favor, cuidado.

—La próxima vez, ¿qué tal si nos avisas primero? —pregunté mientras me levantaba.

—Mis disculpas —dijo Hitchens.

La cueva estaba llena de cajas y máquinas selladas con plástico, colocadas con cuidado y en perfecto orden. Fred se tropezó por accidente con una al entrar y la tiró al suelo. Escuché que algo se rompía en el interior.

Abigail y yo lo miramos y negué con la cabeza.

—Joder, Freddie...

—Lo siento mucho —dijo, tratando de salvar lo que fuera que se hubiera roto.

—¿Podrás encargarte del resto sin romperlos? —preguntó Abigail—. ¿Necesitas esperar fuera?

—No, te prometo que tendré más cuidado, hermana.

Miré a Freddie y me reí entre dientes.

—Te están echando un sermón.

La monja se dio la vuelta y me miró.

—No intentes esa mierda conmigo —le dije, cortándola antes de que pudiera empezar—. Te dejaré tirada.

—Una palabra de advertencia, capitán —dijo Hitchens—. Deberá tener especial cuidado con la carga marcada con un indicador amarillo. Es particularmente frágil y, por lo tanto, más valiosa.

Vi a Freddie revisando la caja que había roto. Frunció el ceño al ver el marcador amarillo.

Negué con la cabeza de nuevo.

—Pobre, pobre Freddie.

Cargamos lo que pudimos en el carro y emprendimos el camino de vuelta hacia la entrada. La salida fue un poco más fácil, aunque no sé qué hubiéramos hecho sin la guía de Hitchens. Teniendo en cuenta la cantidad de carga que aún teníamos que recuperar de esa cueva, nos esperaban varios viajes más, pero estaba seguro de que acabaríamos antes de que terminara el día.

Por suerte, cargar las cajas en la parte trasera del transbordador fue significativamente más fácil que en la cueva. Levanté con una mano una caja que previamente había requerido que Freddie y yo trabajáramos juntos.

Llenamos el transbordador en poco tiempo, luego regresamos a la mina. Fue fácil durante un rato. Incluso empezó a parecer una rutina. Recorrer la mina, cargar el carro, volver al transbordador, subir la carga. Repetir.

Nos las arreglamos para llevar los artefactos del transbordador hasta la *Estrella,* guardarlos en la bodega de carga y luego volver para otra tanda.

No fue hasta unas horas más tarde cuando todo se fue al garete de forma definitiva.

—Señor —comenzó Sigmond mientras cargábamos otro carro lleno de artilugios—. Estoy detectando algo.

Dejé lo que estaba haciendo.

—¿Qué pasa, Siggy?

—Ha aparecido un túnel de deslizamiento en este sistema. Creo que otra nave ha entrado en la zona.

—¿Otra nave? ¿Puedes ver quién es?

—Me temo que no. ¿Activo el campo?

—Hazlo —le ordené—. Volvemos ahora mismo. Espera el transbordador dentro de poco.

—¿Qué ocurre? —preguntó Abigail.

—Parece que tenemos compañía. Vamos, tenemos que irnos.

—¿Qué pasa con el resto de...?

—Déjalo. Tenemos suficiente. Volvamos a la *Estrella*—dije, comenzando a hacer precisamente eso.

Nos movimos tan deprisa como pudimos a través de los túneles, pero la falta de gravedad hizo que el progreso fuera lento.

Cuando llegamos al transbordador, hice que los dos subieran y se ataran. Pulsé el comunicador, cerré la puerta y encendí los motores.

—Siggy, volvemos. Prepárate para arrancar tan pronto como estemos a bordo.

El transbordador despegó del asteroide, luego flotó durante un segundo antes de emprender el vuelo por fin. Maniobramos a través del cinturón, evitando varias rocas enormes que podrían habernos aplastado con facilidad.

—Ya casi hemos llegado —les dije a los demás.

—Señor, tenga cuidado —advirtió Sigmond—. La otra nave se acerca a su posición. No parecen fijarse en nosotros, pero...

En ese momento, sentí que el transbordador traqueteaba con violencia cuando un torpedo estuvo a punto de golpearnos en un lateral.

Explotó un trozo de roca de un asteroide, resquebrajando la piedra y provocando que empezáramos a dar vueltas.

—¡Maldita sea! —grité cuando comenzamos nuestro descenso hacia la misma roca que acabábamos de dejar.

Golpeé el estabilizador y tomé el control manual, haciendo todo lo posible por estabilizar la nave. Casi funcionó, pero no tuve suficiente tiempo. En lugar de nivelarnos, aterrizamos en la superficie y nos deslizamos varias decenas de metros hasta que chocamos contra un pequeño acantilado.

Los laterales de las puertas y el tablero liberaron un material blanco acolchado que protegió nuestros cuerpos de la mayor parte del impacto.

Freddie gritó y luego se golpeó la cabeza contra el asiento de Abigail. Pude ver que le sangraba la nariz.

Cuando la conmoción por fin llegó a su fin, miré a Abigail.

—¿Estás bien?

Respiraba con rapidez, su mirada revelaba confusión.

—Oye, Abby. Mírame. —Le puse la mano en el brazo—. Concéntrate en lo que estoy diciendo. Mírame. ¡Oye!

Se giró e intentó concentrarse en mi rostro. Sus ojos giraban en todas direcciones.

—¿Qué ha pasado?

—Espera. —Metí la mano debajo del tablero y saqué un pequeño botiquín rojo. Saqué el escáner del interior, lo activé y luego pasé el dispositivo a lo largo de su cabeza y pecho, verificando cualquier signo de daño o hinchazón.

Fred mantuvo la cabeza erguida y hacia atrás, mientras se cubría la nariz sangrante con la mano. Lo agarré de la mano.

—¡Deja que sangre, idiota! —espeté—. Si sigues así, te provocarás una embolia pulmonar.

—L-lo siento. ¿Está bien la hermana Abigail? —preguntó, por lo visto más preocupado por ella que por él mismo.

—Parece que tiene algunos moretones, pero no hay nada roto —dije, apagando el escáner—. Abby, ¿estás con nosotros?

La mirada ausente de sus ojos por fin había desaparecido. Parpadeó varias veces y me miró fijamente.

—S-sí. Estoy bien.

—Maldita sea —dije, dándole un golpe al asiento—. ¿Quiénes son esos desgraciados? Haré que Siggy les abra un agujero en...

—Atención, intrusos —dijo una voz por el comunicador. Sonaba a mensaje automático—. Estáis invadiendo territorio sarkoniano. Preparaos para entregar vuestra nave.

—¿Quiénes son los sarkonianos? —preguntó Fred.

Pulsé el comunicador.

—¿Quién porras está hablando? Quiero hablar con tu representante.

—Por favor, preparaos para entregar vuestra nave —repitió la voz.

Maldije y volví a golpear el asiento. Después de Fratley, los sarkonianos eran con toda probabilidad lo último con lo que quería lidiar en ese momento. Les gustaba confiscar naves que sentían que estaban en su territorio, pero como los sarkonianos no tenían fronteras definidas, sus reclamos eran imposibles de predecir. La regla general en las Tierras Muertas era que, si veías una nave sarkoniana, te dabas la vuelta y huías tan rápido como podías.

—Siggy, escanea esa nave y dime a qué nos enfrentamos.

—¿Tenemos problemas? —preguntó Freddie.

Levanté un dedo para callarlo.

—No si puedo evitarlo.

—Detecto un cañón cuádruple y un casco solo de segundo grado —dijo Sigmond.

Freddie se quitó el paño de la nariz.

—¿Es muy malo?

—Solo para ellos —dije, abriendo la puerta de una patada—. Siggy, prepárate para hacer caer ese pedazo de mierda del cielo, ¿me has oído?

—Sí, señor —dijo la IA.

Me puse de pie y miré a través del cinturón de asteroides a la nave sarkoniana que se aproximaba.

—Es hora de enseñarles a estos imbéciles por qué nunca hay que joder a un renegado.

De pie con mi pistola en una mano, saludé a la nave enemiga.

—Eso es, idiotas. Venid aquí.

Cuando la nave sarkoniana se acercó a nosotros, abrieron la puerta de su bodega. Una lanzadera no tripulada salió y comenzó a dirigirse hacia nosotros. Sin duda, si se salían con la suya, al final del día acabaríamos trabajando en una mina.

Lástima que Siggy y yo tuviéramos otros planes.

Antes de que la lanzadera pudiera alejarse más de cien metros de la nave sarkoniana, la *Estrella Renegada* salió de debajo de otro gran asteroide y comenzó a disparar contra la nave enemiga.

Los cañones cuádruples dispararon una ráfaga rápida, tomándolos por sorpresa. La nave resistió los numerosos impactos, para mi propia sorpresa, y devolvió el fuego a la *Estrella*. Gracias a la velocidad de reacción inhumana de Siggy, logró maniobrar y esconderse detrás de otro asteroide, permitiendo que la roca absorbiera la mayor parte del impacto.

Se desprendieron unos pedazos de roca que se esparcieron en todas direcciones, incluso en la nuestra.

—¡Fuera del transbordador! —ordené, metiendo el brazo dentro y agarrando a Abigail de la mano.

Ella y Fred salieron a trompicones por la puerta y corrieron por la dura superficie del asteroide, luego intentamos huir juntos de vuelta a la mina.

Tres rocas grandes del tamaño de una nave se movieron en espiral hacia nosotros y se estrellaron contra el suelo, aplastando nuestro transbordador. Maldije entre dientes por la pérdida. Esas cosas eran caras y, además, aquello se sumaría a todas las demás deudas que tenía.

Aparté el pensamiento de la cabeza y decidí enfadarme más tarde. Por el momento, corrí, esperando no tropezar y romperme el puñetero traje en el proceso.

Cuando llegamos al monumento gigante con forma de ojo cerca de la mina, le pedí a Sigmond que disparara una segunda ráfaga.

Lo hizo, y los misiles impactaron en la nave sarkoniana justo en el mismo punto que antes, perforando la cubierta y liberando su carga en el espacio. Observé cómo se desarrollaban todos los acontecimientos en mi visor mientras Siggy me lo transmitía.

La nave enemiga abrió un túnel de deslizamiento, intentando huir, y di la orden de disparar una última descarga.

Sigmond hizo lo que le dije y envió una ráfaga final de seis misiles hacia la nave enemiga. Dos chocaron con un grupo de asteroides más pequeños, pero los cuatro restantes lograron impactar.

La nave sarkoniana no pudo hacer nada para evitar que el bombardeo penetrara en su casco y lo destruyera todo desde el interior. La nave se astilló y explotó en una nube de escombros que se esparcieron en todas direcciones.

—Dioses míos —murmuró Fred, mirando boquiabierto la nave destruida.

Miré a Abigail, que estaba observando cómo se desarrollaba todo aquello.

—¿Estás bien? —pregunté.

Todavía parecía aturdida, aunque un poco menos que antes.

—Solo quiero salir de aquí.

—Me gusta el plan —dije.

Podría haberles ordenado que siguieran trabajando, tal vez que intentaran salvar los artefactos del transbordador destruido, pero teníamos suficiente carga a bordo de la *Estrella* para que nos fuera bien. No tenía sentido arriesgarse a otro ataque sarkoniano.

La nave descendió a través del campo de asteroides, luego se elevó sobre nosotros y flotó unos momentos.

—¿Está listo para partir, señor? —preguntó Sigmond.

—¿Puede aterrizar? —preguntó Fred.

—No hay una superficie sólida lo bastante ancha, pero estoy seguro de que Siggy se las puede apañar.

—Manténgase alejados—dijo la IA.

Indiqué a los demás que retrocedieran cuando la nave se detuvo a unos metros de la superficie.

—Acércala—le ordené.

—No es posible —respondió Sigmond.

La base de la nave estaba a poca distancia por encima de nosotros, no lo bastante cerca como para alcanzarla con la mano. Tendríamos que flotar para alcanzarla.

Les hice señas a Abigail y Freddie para que acudieran a mi lado.

—Es hora de irnos —dije, señalando la nave.

Ambos miraron hacia la puerta de la unidad de carga.

—Asumo que se supone que debemos saltar — dijo Freddie.

—Y espero que lo consigas —añadí, juntando las manos—. Vamos, te daré un empujón.

Freddie colocó el pie entre mis dedos, lo empujé hacia arriba y me quedé mirando mientras flotaba hacia la puerta. Agitó los brazos a su alrededor de forma frenética antes de alcanzar por fin la base de la nave.

—¡Ya estoy!

Solté un suspiro de alivio, luego miré a Abigail.

—Tú eres la siguiente.

—Puedo arreglármelas —me aseguró, agachándose en el suelo. Respiró hondo y despacio y dio un salto.

La vi flotar con confianza hacia la nave, en una trayectoria perfecta. La alcanzó con facilidad y se agarró a la barandilla con todo el brazo, intentando girar. Mientras lo hacía, pareció reaccionar y perder parte del control.

Freddie se acercó a Abigail, le dio la mano y tiró de ella hacia la cubierta.

—¡Te tengo!

—¿Qué ha pasado? —pregunté.

Podía oírla respirar con dificultad.

—Nada, es solo... —Su voz se fue apagando—. Lo siento, me dolía el hombro. Ahora ya estoy bien.

—Debe de haber sido por el choque —dije.

—¿Está listo, capitán? —preguntó Freddie.

Me agaché y coloqué ambas manos sobre la roca que tenía debajo, luego empujé con los pies hacia abajo antes de extender el cuerpo y lanzarme directamente hacia la *Estrella*.

Casi me pasé la abertura mientras flotaba, pero una mano me agarró y tiró de mí hacia atrás.

—¡Te tengo! —dijo Abigail. Me agarró con fuerza, apretándome los dedos.

Fred también me cogió de la muñeca, y juntos, los dos tiraron de mí hacia dentro. Cuando entré en la cubierta de carga, la gravedad artificial de la nave se apoderó de mí y me hizo caer de culo, derribando a Abigail y Fred de lado.

—Bienvenido de nuevo, señor —dijo Sigmond dentro de mi oído cuando la compuerta empezó a cerrarse—. ¿Debo trazar el rumbo hacia la estación Taurus?

—Creo que sería buena idea, Siggy —dije, sintiendo un dolor repentino en la zona baja de la espalda.

Fred corrió y me ofreció la mano.

—¿Ahora qué?

—Ahora nada —dije, luego esperé a que el oxígeno llenara el compartimiento de carga. Una vez que se sellaron las puertas, me quité el casco y respiré hondo—. Hemos perdido el transbordador y tenemos nuestra carga. Creo que hemos hecho suficiente por un día, ¿no te parece?

CAPÍTULO 14

DESPUÉS DE UN sueño largo y profundo y una taza de café, fui a ver a Abigail. Necesitaba más atención médica de la que había creído. El escáner que había usado no había detectado la conmoción cerebral, lo cual no fue una sorpresa. Había encontrado esa cosa en una casa de empeños hacía más de un año, pero nunca había tenido que usarla. No me extrañaba que apenas funcionara.

La encontré con Octavia, quien resultó que tenía cierta experiencia curando heridas.

—¿Cómo está? —pregunté cuando se abrió la puerta.

Octavia señaló a la mujer dormida en la cama.

—Está descansando, pero se pondrá bien.

—¿Cómo aprendiste a encargarte de estas cosas?

—Antes estaba en la Guardia de la Unión —explicó.

—¿Tú? —pregunté.

—No siempre he sido la ayudante del doctor Hitchens. En mi otra vida, fui una patriota.

—¿Es así como llaman a los perros de los militares en el lugar del que vienes?

Mi franqueza no la desconcertó, o si lo hizo, no dejó que se notara.

—La Unión no es cruel con todos los mundos, señor Hughes —dijo—. Yo nací en Androsia.

Androsia era la capital de la Unión, así que el nombre me era conocido a pesar de que nunca había puesto un pie allí.

—Eso sí es vivir entre sedas —le dije—. Debes de haber tenido una vida fácil.

—Pues sí —admitió—. Antes pensaba que todo el Imperio era así. Creía que todos eran felices. No fue hasta que vi las colonias exteriores con mis propios ojos cuando empecé a entenderlo.

—No estoy seguro de si debería alegrarme por ti o no —dije—. Parece que renunciaste a mucho solo para ser la ayudante de alguien.

Ella asintió.

—Supongo que sí. Mi padre era cirujano en el planeta más rico de la Unión. Teníamos suficiente dinero para toda la vida. Pero vivir una vida fácil no es lo mismo que sentirse satisfecho. No significa que seas feliz. Lo dejé porque sentí la necesidad de algo más. Quería estudiar historia, explorar.

—Te sentías confinada —le dije.

—Viviendo en el Capitolio, tenía toda mi vida planeada. Tenía que cumplir con mi deber y servir a la Unión, luego ir a la escuela de medicina como mi padre. Nadie me preguntó qué quería. Era como vivir en una caja realmente cómoda donde se satisfacen todas tus necesidades, excepto que nunca puedes marcharte. Para la mayoría de la gente, eso es suficiente. Para mí, era claustrofóbico. Parece que lo entiende.

—Podría ser —dije, negándome a dar más detalles—. ¿Cuánto tiempo necesitará la monja para recuperarse?

La pregunta repentina no la sorprendió. Se echó hacia atrás, mirando la cama de Abigail.

—La señorita Pryar necesita descansar un rato. Dele un día.

—Gracias por encargarte. Yo ya tengo bastante que hacer.

Me dedicó una sonrisa fugaz.

—Estoy segura, capitán.

Iba a preguntar qué quería decir, pero lo dejé estar y volví al salón.

Seguí reflexionando sobre nuestra excursión al asteroide. No tenía ni idea de si valía algo, pero con un poco de suerte muy necesaria, Ollie podría encontrarme un comprador. Probablemente un tonto al acecho de antigüedades. Solo esperaba que tuviéramos lo suficiente para cubrir la deuda.

En el salón, Hitchens estaba sentado junto a Freddie y Lex, viendo los viejos dibujos animados de Foxy Stardust. Me senté y no dije nada. Lex tenía los ojos muy abiertos y estaba totalmente absorta en el espectáculo. Hitchens estaba con su tablilla, leyendo un artículo, mientras Freddie se limitaba a estar allí sentado, comiendo una manzana.

Sería extraño, una vez terminado aquel trabajo, volver a una nave tan silenciosa. No era la primera vez que llevaba tantos pasajeros, pero lo que era seguro era que esa misión estaba durando más que la mayoría.

Esperaba que todos desaparecieran una vez que llegáramos a la estación. Sin duda intentarían alquilar una nueva nave, una con un capitán menos peligroso al timón. Tenía a Fratley pegado a los talones, y después de la impactante exhibición en Arcadia, estaba seguro de que querrían evitar a ese desgraciado a toda costa.

Hicieran lo que hicieran al final, esperaba que no se mataran.

—Disculpe, señor —dijo Sigmond, hablándome al oído—. Por favor, preséntese en la cabina del piloto. Hay algo que tiene que ver.

—¿Qué pasa, Siggy? —pregunté, sorprendido de que no estuviera hablando a través del altavoz.

—Puede que tengamos un problema.

Me despedí de forma casual y me dirigí a la parte delantera de la nave, sin decir nada. Después de cerrar la puerta del pasillo, tomé asiento.

Hacía unos momentos, la *Estrella* había salido de un túnel de deslizamiento, por lo que el espacio fuera de la nave estaba tranquilo y silencioso, y unos puntos brillaban en la distancia. No había señales de problemas.

—¿Qué pasa? ¿Ves algo que yo no veo?

—Detecto un crucero estelar de la Unión cerca del otro extremo del siguiente túnel de deslizamiento, señor. Creo que entrarán pronto.

Parpadeé.

—¿Un crucero? ¿Y se dirigen aquí?

—Sí, eso creo.

Una serie de preguntas me asaltaron a la vez. ¿Podrían estar buscándonos? ¿Había descubierto la Unión nuestra ubicación y había encontrado una manera de rastrear a la chica o mi nave? ¿Era alguna nueva directiva, como parte de su reciente programa de expansión fronteriza? Había escuchado rumores sobre que iban a las Tierras Muertas de vez en cuando, pero eso era muy raro. Por lo general, se mantenían en su propio espacio.

¿De verdad Lex era tan importante para ellos?

Esperaba estar comiéndome demasiado el coco y que no tuviera nada que ver. Con un poco de suerte, nos cruzaríamos en el túnel de camino hacia nuestros respectivos destinos. Los escáneres no funcionaban en el desliespacio, por lo que, si el crucero continuaba su curso, no tendríamos nada de qué preocuparnos. Solo había que inquietarse si tenían algún medio de penetrar nuestro campo. Podíamos verlos desde allí con nuestros sensores de largo alcance, lo que normalmente significaba que ellos podían hacer lo mismo, pero solo si tenían un medio para detectar el campo de invisibilidad. Si no, podríamos pasar sin ningún problema.

—Están entrando en el túnel —dijo Sigmond.

—¿Cuánto tiempo? —pregunté.

—Llegarán a nuestra ubicación actual en tres horas aproximadamente.

—Entra en el túnel en cuanto lo hagan ellos. Espera hasta que el crucero esté completamente dentro. No queremos que nos vean cuando dejemos caer el campo.

—En realidad, señor, puede que no sea tan simple.

—¿Porqué?

—Si entramos al mismo tiempo que el crucero, lo más probable es que salgamos al mismo tiempo. En todo caso, saldrán un poco antes que nosotros. Si eso sucede, no estaremos cubiertos a tiempo para protegernos.

Sabía que tenía razón y me maldije por no haberme dado cuenta antes. Si entrábamos en el túnel en ese momento, el crucero emergería antes que nosotros. Lo único que tendrían que hacer sería escanear a su espalda para vernos salir por el mismo punto por el que habían entrado. Incluso si esperáramos una o dos horas, aún existiría el riesgo de que nos vieran al salir.

—Podríamos permanecer ocultos en esta posición y esperar —sugirió Sigmond.

—No, tiene que haber otra forma que no implique esperar aquí a que llegue un crucero. No quiero arriesgarme a que nos detecten a pesar del campo. —Golpeé el lateral de mi silla, sopesando las opciones. Había otros túneles que atravesaban aquella zona, sin duda, y podríamos tomar cualquiera de ellos, pero el desvío prolongaría nuestra llegada a Taurus, posiblemente en un día o más—. Siggy, ¿qué pasa si nos quedamos en este túnel hasta que estemos fuera del alcance de escaneo? ¿Dónde saldríamos?

—Eso nos llevaría al interior del espacio controlado por la Unión.

—¿Estaríamos cerca de algo? ¿Planetas o colonias? ¿Estaciones espaciales?

—De nada, según el mapa galáctico.

—¿Cuánto tiempo tardaríamos en volver a Taurus solo con los propulsores estándar? —pregunté.

—Seis horas —dijo Sigmond.

—¿Y si usamos uno de los otros túneles cercanos? ¿Cuánto tardaríamos?

—Hay tres túneles además de este, pero el desvío añadiría otros tres días a nuestro tiempo de viaje.

Pensé en Abigail en su cama y supe que necesitaba un tratamiento mejor del que mi nave podía proporcionarle. Si esperábamos demasiado, podría terminar sufriendo.

—A la mierda, tomemos este túnel y evitemos Taurus. Una vez que lleguemos allí, activa el campo y da media vuelta.

—En seguida, señor.

Un rayo de nuestra nave abrió un desgarro en el espacio, que se dividió para revelar las luces de color jade del desliespacio. Como cualquier otro túnel, aquel llevaba allí miles de años, tal vez más, pero solo se podía acceder a él desde una nave con un mecanismo de deslizamiento.

—Vamos —dije, recostándome en mi silla.

Nuestro campo cayó y la *Estrella Renegada* entró en la grieta.

Al mismo tiempo, el crucero de la Unión se dirigía a nuestra ubicación, volando en la dirección opuesta a través del desliespacio. Pronto nos cruzaríamos, sin reparar en la presencia del otro.

Entrar en el espacio de la Unión no era el escenario más ideal, tenía que admitirlo, pero era mejor que esperar tres días para regresar a la estación Taurus. Aparte de la salud de Abigail también estaba el tema de nuestro cargamento, que tenía que vender para poder pagarle a Fratley antes de que acabara la semana.

La fecha límite seguía acechándome y no podía arriesgarme a hacer caer la ira de Fratley sobre mí. De una forma u otra, tenía que conseguirle su dinero a ese malnacido.

Capítulo 15

Siempre que era posible, intentaba evitar el espacio de la Unión. Había cruzado la frontera cuando tenía que hacerlo, según el trabajo, pero siempre corría ciertos riesgos. Riesgos que por lo general superaban los peligros de operar dentro de las Tierras Muertas.

Sí, las Tierras Muertas tenían devastadores, ladrones, piratas y sarkonianos, pero al menos nunca tenía que lidiar con puestos de control de la Unión o enviados militares. Si bien siempre podía encargarme de algunas naves piratas pequeñas, la Unión controlaba la armada más grande y poderosa de la galaxia. Ese era el tipo de problema que nadie quería cerca.

El territorio de la Unión también tenía varias boyas de largo alcance para monitorear la actividad fronteriza. Si una de ellas te veía un momento, existía la posibilidad de que lo pasaras mal. Incluso tenía que vigilar dónde y cómo usaba mi campo, ya que esa tecnología era ilegal allí.

Y ahora había vuelto, puede que en mi propio detrimento. Fratley necesitaba su dinero y yo necesitaba vivir, lo que significaba que no podía permitirme el lujo de ser cauteloso.

—Llegaremos a la estación Taurus en aproximadamente seis horas —me dijo Sigmond mientras dejábamos caer el campo y salíamos del túnel de acceso.

—Estate atento a cualquier señal de actividad de la Unión —le dije—. No quiero que estemos cerca de una de sus naves.

—Ajustaré la ruta, si la situación lo requiere.

—Buen chico —dije, sentándome en mi cama.

No me había molestado en contarles a los demás lo del crucero que habíamos visto cerca del túnel. No era necesario que supieran que la Unión estaba en las Tierras Muertas. Tal vez los informara de ello más tarde, pero con todo lo que le había pasado a la Iglesia, a Abigail y a todos nosotros, sabía que no necesitaban saberlo. No en aquel momento.

Una niebla se arremolinaba en mi cabeza mientras me sentaba en la cama. Esos últimos días me había sentido cada vez más exhausto, lo que con toda probabilidad era una prueba de lo sobrecargado que estaba.

Me recosté en mi cama, sentí el suave abrazo de mi almohada y me quedé dormido tan pronto como cerré los ojos.

Cuando los abrí, sentí la mandíbula rígida y me senté. Eché un vistazo a mi tablilla y vi que estábamos casi en nuestro destino. Media hora más. Habían pasado cinco horas y media en un abrir y cerrar de ojos.

Bostecé.

—Siggy, ponme con nuestros invitados, ¿quieres?

—De inmediato, señor —confirmó—. Hable cuando esté listo.

Me aclaré la garganta y me restregué los ojos.

—Escuchad todos, estaremos en Taurus dentro de nada —anuncié, y escuché mi voz por las comunicaciones fuera de mi habitación—. Recoged vuestras mierdas y esperad.

—Expresado con mucha elegancia —comentó Sigmond.

Me puse una camisa y me crují la espalda, luego bebí un trago de la jarra de agua. Mientras me incorporaba, escuché algo contra mi puerta. No fue un golpe. Más como un toque ligero.

La abrí, miré hacia abajo y vi a Lex de pie frente a mí.

—Señor Hughes, duerme demasiado —dijo la pequeña albina.

—¿Qué quieres, chica?

—Tengo hambre y no hay más comida.

—¿Ya se nos ha acabado?

Fui al dispensador de comida, abrí todos los cajones y me encontré con que la mayoría estaban vacíos. Quedaban algunos cachos de cecina, pero no mucho más.

—Maldita sea, me habéis dejado limpio.

—¿Puedo comer algo, por favor? —preguntó Lex—. Me duele el estómago.

Le ofrecí un trozo de cecina.

—Come.

Lo olió, torció la nariz y me lo devolvió a toda prisa.

—¡Qué asco!

Yo pegué un mordisco y me comí la carne procesada.

—¿Qué pasa? ¿No eres una gran fan de la cecina?

—Huele a culo.

—¿Y qué? ¿No te gustan los culos? —pregunté, oliendo la carne. Ella se rio de mi broma.

—Qué asco.

—Te diré una cosa —le dije, sacándome un caramelo del bolsillo lateral—. Come media tira de cecina y podrás comerte un dulce. ¿Qué dices, niña?

Abrió los ojos como platos al ver la golosina.

—¿Puedo comerme eso?

—Solo tienes que comerte lo otro primero.

Miró la carne, luego volvió a mirar el caramelo.

—Mmm.

Extendí la mano con la cecina.

—Ten.

La aceptó, un poco de mala gana. Con los ojos puestos en el caramelo, mordió la carne y luego masticó despacio.

—¿Y bien? —pregunté, viéndola hacer lo que estaba seguro que era el sacrificio máximo.

Ella pareció relajarse mientras continuaba comiendo.

—No está mal —contestó, tragando y tomando otro bocado. Me miró—. Pero sigue sin estar buena.

Me reí.

—Aquí tienes, chica. —Le tiré el caramelo y ella lo atrapó mientras la cecina le colgaba de la boca.

—¡Guau!

—Primero acaba la cecina, luego puedes comerte el caramelo. ¿Entendido?

Asintió.

—¡Gracias, señor Hughes!

Me fui con el otro trozo de cecina y me lo comí mientras me dirigía a la bodega de carga. Lex me siguió, masticando su propia comida, metiéndosela toda en la boca antes de tragar. Para cuando llegamos al final del pasillo, ya estaba desenvolviendo el caramelo, con una expresión atolondrada en la cara.

Hitchens había pasado bastante tiempo en la bodega de carga desde que habíamos salido del cinturón de asteroides. Antes lo había dejado para que hiciera su trabajo en paz, pero ahora nos estábamos acercando a la estación y quería asegurarme de que nuestro cargamento estuviera completamente intacto.

—Ah, capitán Hughes —dijo el doctor mientras bajaba las escaleras. Tenía varias de las reliquias que habíamos encontrado en la mina colocadas ordenadamente alrededor del suelo. Cada una tenía una hoja de papel adjunta con un número de identificación escrito en él, lo más probable es que ayudara a realizar un seguimiento del inventario.

—Parece que estás ocupado —le dije, mirando una de las máquinas. En la etiqueta ponía 021.

—He estado organizando nuestra colección —explicó.

—¿Con cuáles de estos te quedas y cuáles vamos a vender?

—Los elementos del uno al ocho permanecerán en mi posesión.

—¿Cuántos números hay en la lista?

—Cuarenta y seis—dijo—. No es exactamente el catálogo que teníamos en el pasado, aunque sigue siendo una colección respetable.

Hice las cuentas en mi cabeza.

—Entonces, vamos a vender... ¿Treinta y siete?

—Treinta y ocho —corrigió, con un tono siempre respetuoso.

—Hace tiempo que tengo la intención de preguntártelo: ¿por qué tenías todas estas cosas almacenadas en esa mina?

—El Consejo vio la necesidad de mantener ocultos nuestros hallazgos, en caso de que la Unión o algún otro, como ese tipo, Fratley consideraran conveniente invadir Arcadia. Al principio me opuse, pero parece que el Consejo estaba en lo cierto al insistir. Loralin, específicamente, si no me falla la memoria. —Se secó un poco de sudor de la frente con un pañuelito rojo, luego hizo una pausa de varios segundos, como si estuviera perdido en sus pensamientos.

—Doc, ¿estás bien? —pregunté, chasqueando los dedos.

Parpadeó.

—Ay, lo lamento, capitán. Estaba pensando en ellos otra vez. En nuestros amigos de la Iglesia. Parece que todavía pienso mucho en ellos. —Se aclaró la garganta—. De todos modos, como estaba diciendo, la tecnología en sí era un misterio cuando la descubrimos por primera vez. Teníamos poca información sobre lo que hacían de verdad todas esas máquinas.

—¿Y ahora? —pregunté, mirando las varias docenas de dispositivos esparcidos ordenadamente por el suelo de mi nave.

—Por desgracia, la mayoría están inactivas —explicó—. Las únicas excepciones son las ocho que he mencionado antes.

—Esa es mi favorita—dijo Lex. Su voz me pilló por sorpresa. Incluso había olvidado que estaba allí. Señaló una pequeña caja que había en la esquina, cerca de Hitchens.

—Ah, sí. Un hallazgo exquisito —corroboró.

Lex corrió hacia el objeto y lo levantó del suelo. Cuando lo tocó, me sorprendió verlo brillar. Una luz tenue emanaba de su superficie, seguida de una serie de tonos suaves y melódicos.

Lex sonrió y rio al escuchar los sonidos.

—¿A que es bonito?

Escuché con atención, pero no fui capaz de reconocer la canción, si es que de verdad era una.

—Lex me ha estado ayudando —dijo Hitchens.

Le tendí la mano a Lex.

—¿Me dejas ver eso?

Ella sonrió y me tendió la caja. En cuanto abandonó su mano, la música se detuvo y la luz se volvió tenue y vacía.

—Como puede ver, la marca de Lex le permite interactuar con todos estos objetos. Es bastante notable.

—Estás hablando de su tatuaje —dije, echando un vistazo a las líneas azules en su cuello. Una imagen de Lex sentada en la misteriosa silla dentro de la cueva cruzó por mi mente.

—Exacto, capitán. La marca le da la posibilidad de activar todas y cada una de estas máquinas. ¿Por qué? No lo entiendo del todo, pero su misma proximidad a menudo es suficiente para ponerlas en marcha.

Me seguía costando creer que la niña pudiera hacer lo que me estaba sugiriendo. ¿Desde cuándo un tatuaje le daba a alguien la capacidad de activar algo? La mayoría de las veces eran una monstruosidad.

Incluso si era cierto, ¿quién le otorgaría algo tan valioso a una niña pequeña?

—Sin embargo, algunas no funcionan —dijo Lex, con el ceño fruncido. Señaló las otras máquinas.

—En efecto. Solo estas ocho están operativas y he tenido que reemplazar varias piezas de todas para que funcionaran.

—¿Las has arreglado? —pregunté, devolviéndole la caja a Lex.

Ella la cogió y la música comenzó de nuevo, luego sonrió.

—Por suerte, sí —dijo Hitchens—. He podido rescatar piezas de algunas de las otras para arreglar estas ocho. Esta tecnología tiene casi dos mil años, por lo que la mayoría tenía al menos una pieza rota. De hecho, me sorprende haber podido hacer que alguna de ellas funcionara.

—¿Qué hay del mapa que encontraste? ¿Cómo sabías que funcionaría si era tan antiguo? ¿Sabías que funcionaría antes de ir hasta allí?

Dejó escapar una breve carcajada.

—Cielos, no, capitán. Ni siquiera estaba seguro de que Lex existiera hasta que la hermana Abigail la trajo. De hecho, sentarla en esa silla era solo una teoría.

—¿Una teoría? —pregunté.

Él asintió.

—No tuve tiempo de hacerle ninguna prueba antes de irnos. La única información que teníamos procedía de las notas que habíamos robado del laboratorio de la Unión. Cuando llegaron usted y la señorita Pryar, los demás tuvimos que actuar deprisa.

Miré a Lex, que tarareaba al son de la máquina, rebotando de un pie al otro. Se dirigió a las escaleras de la parte trasera de la bodega de carga y se sentó.

—Fue una apuesta arriesgada —le dije, volviéndome hacia él.

—Tiene que entenderlo. Lex es única. Parte de su tatuaje se asemeja al emblema del Cartógrafo, así que sabíamos que tenía que haber una conexión.

—Sabíais que la perseguirían —le dije.

—Sí —dijo Hitchens—. Francamente, tuvimos la suerte de llevarnos a la cría a casa cuando lo hicimos.

—¿Y de verdad crees que ese mapa que encontrasteis conduce a la Tierra?

—De lo contrario no arriesgaría mi vida y mi carrera.

—Bueno, si sirve de algo, Doc, espero que tengas razón.

—Gracias, capitán. Eso significa mucho, considerando sus dudas.

—Puede que todo esto me parezca ridículo, pero eso no significa que no quiera que sea verdad.

—Aprecio su escepticismo —dijo el doctor, con una leve sonrisa en la cara—. Quizás algún día encuentre la prueba que necesita para creer.

Me reí.

—Bueno, eso sí que estaría bien.

Llegamos a Taurus y tuvimos que esperar en la cola durante más de una hora antes de que nos dejaran atracar. Según mi experiencia, era algo un poco inusual.

Sigmond metió la nave una vez que obtuvimos el visto bueno, y sentí que un gran alivio me invadía cuando la estación cerró su abrazadera de acoplamiento alrededor de la escotilla de la *Estrella Renegada*.

Los cité a todos en el pasillo. Llevaban su equipaje en la mano y estaban listos para desembarcar. Distinguí entusiasmo en algunos rostros. Después de varios días en una nave estrecha, estaban listos para un espacio algo más amplio. Quizás una habitación con techo elevado, como las del paseo marítimo.

—¿Todos listos? —pregunté mientras tecleaba el código de acceso para abrir la compuerta.

Abigail estaba junto a Lex y Octavia. Se la veía mejor que antes, mucho menos aturdida, pero aún cansada.

Le dediqué un asentimiento de cabeza y ella me lo devolvió.

La puerta se deslizó hacia arriba y una brisa fría nos dio de lleno, invadiendo el vestíbulo interior de mi nave. Fue refrescante, como en cualquier otra visita. El aire acondicionado fresco me recordó que necesitaba arreglar el de la *Estrella*.

Freddie extendió la mano.

—Gracias por el viaje, capitán.

Se la estreché.

—No es un problema.

—Estaremos en el hotel de la cubierta 4. Usaré mi nombre, así que pregunte por Tabernacle.

—Taber... ¿qué?

—Tabernacle. Ese es mi apellido.

Enarqué una ceja.

—¿Desde cuándo?

Se rio y negó con la cabeza como si le hubiera contado un chiste, luego cruzó la puerta y entró en la estación.

Todos lo siguieron después de desembarcar. Mientras la mayoría continuaba hacia el paseo marítimo, Hitchens se detuvo a mi lado.

—Capitán, ¿lo acompañamos a ver a su hombre?

—¿Mi hombre? —pregunté.

Miró a su alrededor, aunque allí no había nadie, y se inclinó. Se tapó un lado de la boca y susurró:

—Ya sabe... El contrabandista.

Le aparté la mano.

—Se llama Ollie, y claro, puedes venir si quieres. Pero intenta relajarte. Esto no es una película de espías.

Juntó las manos.

—¡Maravilloso! —Echamos a andar por la plataforma—. Esto va a ser muy emocionante.

El paseo estaba menos concurrido de lo que esperaba, sobre todo a aquella hora del día. Por lo general había una multitud de tamaño decente reunida alrededor de las tiendas y bares. Viajeros, en su mayoría, y turistas. Aquello facilitaba la integración de personas como yo.

La tienda de Ollie no estaba lejos de donde habíamos atracado. Sabía que él también estaría allí, ya que el pobre idiota nunca se tomaba un día libre. Fuera lo que fuera, Ollie era de fiar.

—¡Jace! —gritó cuando me vio venir.

Lo saludé con un asentimiento de cabeza.

—Ollie. Me alegro de verte.

—Has estado fuera un poco más de lo que esperaba. ¿Qué pasó con aquel trabajo? Ya sabes, el de la monja. Todavía estoy esperando mi parte, por cierto. ¿Cuándo me vas a pagar?

—La cosa se complicó —dije, acercándome al mostrador—. Todavía no he tenido tiempo de enviar el dinero, pero me ocuparé de ello después de esto.

—Sí, más te vale, colega —dijo. Aquel día, Ollie llevaba uno de sus trajes. Azul turquesa con un pequeño ribete dorado. No era exactamente de mi estilo, aunque encajaba con él—. Deberías traerme algo bonito cuando estás lejos tanto tiempo.

—Tú eres el que vende suvenires baratos. Supuse que tenías suficientes para toda la vida.

—Para tu información, mis productos son los mejores regalos de la estación. Pregúntale a cualquiera que compre aquí. Pero en fin, ¿quiénes son tus amigos? —preguntó Ollie.

—Este es Hitchens—le expliqué—. Es profesor. Y ella es su asistente, Octavia.

—Un doctor en arqueología, en realidad. No soy profesor —corrigió Hitchens.

Me encogí de hombros.

—Qué más da. Está aquí para ayudarme a explicar la carga que necesito vender, en caso de que tengas preguntas.

—¿Carga? —preguntó Ollie.

—Nos hicimos con algo de tecnología antigua. Creo que es de antes de la Unión. Ya que estás en el mercado de vender basura inútil a idiotas ricos, me pareció que eras el tipo con quien tenía que hablar.

—Maldita sea, y todo este tiempo he creído que te pasabas por aquí porque habías echado de menos mi cara.

—El catálogo incluye más de tres docenas de artículos —dijo Hitchens.

—Tendré que echar un vistazo antes de acceder. ¿Habéis traído algo?

Hitchens abrió su maletín y dejó un pequeño objeto metálico sobre la encimera. Era de bronce y circular, con un precioso diseño entretejido. Me fijé en que las tallas guardaban un parecido notable con el tatuaje de Lex.

Ollie abrió los ojos como platos al ver la máquina.

—Vaya, vaya, ¿qué tenemos aquí?

—Este artefacto en particular tiene, según mis estimaciones, 1300 años —dijo Hitchens.

Ollie sacó un pequeño dispositivo, que solo podía ser un escáner, y lo agitó a lo largo de la reliquia. Una luz parpadeó y Ollie sonrió.

—Oh, sí. Sí, sí, sí. —Me miró—. Jace, siempre me traes lo mejor.

—Me alegro de que te guste —dije.

—Higgins, ¿el resto de la carga es así? —preguntó Ollie.

—Es *Hitchens*—corrigió el doctor—. Para responder a su pregunta, sí, en efecto.

Ollie enarcó ambas cejas.

—Sí, Jace. Puedo vender esto, seguro. Vamos a buscar el resto y concertaré una reunión con algunos compradores mañana por la mañana a primera hora. Necesitaré el diez por ciento habitual para cubrir mi tarifa, naturalmente.

—¿Cuánto crees que podrás sacar? —pregunté.

—Si el resto de la mercadería es así, yo diría que podríamos conseguir unos cien mil, fácil.

Parpadeé.

—¿En serio? ¿Cien mil por un montón de máquinas?

Ollie se rio.

—Echa un vistazo a esta tienda —dijo, agitando la mano en dirección a la variedad de pequeñas baratijas, hechas principalmente con basura desechada—. A estas alturas ya debes de saber que la gente está dispuesta a comprar casi cualquier cosa si se les dice que vale algo.

—Estas máquinas son valiosas —insistió Hitchens.

—Es basura —dijo Ollie—. Y es vieja como la Tierra, lo que significa que es valiosa.

Hitchens hizo una mueca, como si se sintiera insultado.

—Pero...

—Déjalo, Doc —le dije, tocándole el hombro—. Ollie puede llamar basura a nuestra carga todo lo que quiera, siempre que nos entregue el pago correcto.

—Confía en mí —dijo Ollie con la misma chulería que había presenciado tantas veces antes—. Nadie conoce este negocio mejor que yo.

Ollie, Octavia y yo trasladamos los treinta y ocho artefactos de mi bodega de carga y los descargamos en su trastienda. Estaba ansioso por comenzar a hacer llamadas a sus socios, por lo que el resto de nosotros acordamos darle un poco de espacio.

—Llámame por la mañana —dijo Ollie.

—Eso es muy rápido. ¿Estás seguro de que no necesitas más tiempo?

—Siempre hay alguien ansioso por tener en sus manos este tipo de cosas. Confía en mí. Veo anuncios todo el tiempo.

—Excelente. Gracias otra vez, Ollie —dije, tocándole el hombro.

—No hay de qué, Jace. Hazme un favor, ¿quieres?

—Dime.

Ollie se inclinó hacia delante.

—Esa chica con la que estás. La ayudante del gordo. ¿Crees que podrías hablarle bien de mí?

—¿Te refieres a Octavia?

—Sí, anda que no es guapa.

—Veré qué puedo hacer —dije, mirando hacia atrás, a Octavia, que estaba de pie en la entrada de la tienda con Hitchens.

Los ojos de Ollie se iluminaron.

—¿De verdad? Joder, Jace, eres un buen amigo.

—Tú vende mis cosas y estaremos en paz —contesté mientras me daba la vuelta para irme—. Nos vemos mañana.

Me despedí de Hitchens y Octavia, que fueron a reunirse con sus amigos en el hotel del duodécimo piso. Al día siguiente se reunirían conmigo en el paseo marítimo a primera hora para que pudiéramos ir a ver a Ollie otra vez. Hasta entonces, todo el mundo podía relajarse.

Pensé en ir al bar, pero al final opté por irme a mi habitación y pasar ahí la noche. Era temprano, sí, pero yo no funcionaba con un horario de sueño típico. Eso era para personas con trabajos diurnos. Personas que se sentaban en un cubículo o en una oficina y llevaban a cabo una tarea sin sentido durante ocho horas al día. ¿Yo? No disfrutaba del lujo de volver a casa al final de la jornada tras fichar a la salida. Mi trabajo no tenía fin, lo que significaba que a veces no podía descansar.

No es que me estuviera quejando. Esa era la vida que había elegido y era buena. Un fuera de la ley, con un montón de libertad y espacio abierto. Lo último que quería era estar atrapado en una habitación, detrás de una pantalla de ordenador, registrando datos y leyendo circulares.

Había luchado con uñas y dientes para llegar a donde estaba, incluyendo ese préstamo de Fratley. Lo único que tenía que hacer era pagarle y luego sería libre de hacer lo que quisiera. No más deudas que me metieran en problemas, no más gilipollas vigilándome.

Pensé en el dinero que estaba a punto de ganar, gracias a Ollie y esas máquinas, esos artefactos. Mientras lo pensaba, transferí el diez por ciento de las ganancias de mi último trabajo a la cuenta de Ollie. Era lo justo, después de todo.

«Ya casi está —pensé mientras cerraba los ojos para dormir—. Mañana me encargaré del resto».

CAPÍTULO 16

Unos momentos después de despertar noté que en mi tablilla parpadeaba una notificación. Ollie había mencionado que me llamaría, así que mi única suposición fue que lo había hecho mientras dormía.

Deslicé la pantalla y vi una grabación en mi bandeja de entrada. Como era de esperar, venía de parte de Ollie Trinidad.

Toqué el nombre y apareció la cara de Ollie.

—Jace, soy yo. Supongo que todavía estás dormido, así que escucha. He llamado y he conseguido un trato con un comprador. Han transferido el dinero directamente a mi cuenta, así que te envío tu parte ya. Disfruta, amigo mío. Pásate por aquí en algún momento después de la comida y lo celebraremos. El comprador está en camino ahora para recoger la mercancía. Nos vemos pronto.

Abrí mi cuenta bancaria a toda prisa usando la red galáctica. Tras iniciar sesión, me sorprendió ver la friolera de ciento diez mil créditos. Un regalo para los ojos. Juro que incluso podría haber llorado.

El vídeo terminaba con una marca de tiempo, lo cual sugería que había sido enviado temprano por la mañana, alrededor de las 0600. Miré el reloj y vi que eran las 0900. Vaya, había dormido hasta tarde.

¿De verdad se había acabado? Había costado mucho trabajo conseguir el dinero, pero por fin lo había logrado. Tenía el pago y Fratley estaría satisfecho. Podría montar en mi nave e ir a cualquier parte, hacer lo que quisiera.

Golpeé el colchón con el puño, sonriendo mientras miraba la cifra de mi cuenta.

Después de unos estiramientos breves, me levanté y me tomé mi tiempo en la ducha. Ya no había necesidad de apresurarse.

Todavía no era mediodía, así que decidí que quería echar un vistazo a los compradores, si era posible, y ver quién estaba realmente dispuesto a desembolsar tantos créditos por un montón de juguetes inútiles. Luego invitaría a Ollie a una copa para darle las gracias. Esa pequeña comadreja me había ayudado mucho, igual que siempre.

Cuando salía de mi habitación, llamé a Sigmond y le pedí que le dijera a Hitchens que se reuniera conmigo en el paseo. El alegre investigador estaba más que ansioso por hacerlo, y me mandó una respuesta muy cálida.

Hice una breve parada en el bar para tomar una taza de su horrible café y saludar al mismo camarero que había conocido la última vez que había estado allí.

—Gracias —le dije mientras levantaba la taza de la barra.

—No hay de qué. ¿Estarás en el muelle mucho tiempo? —preguntó.

—De hecho, mi objetivo es irme hoy mismo. —Tomé un sorbo y me sorprendió lo bien que sabía. El café de mi nave solía ser el mejor, pero aquella mezcla estaba casi igual de rica.

—No puedo decir que te culpe —dijo el tabernero—. Hoy hay gente con mala pinta por aquí. Más de lo habitual.

—¿Con mala pinta? —pregunté—. ¿Es otro grupo de devastadores?

—No, más como militares. He visto a algunos tipos uniformados subiendo las escaleras.

—¿Militares? ¿Estás seguro?

Asintió.

—Eso me ha parecido. No he podido verlos bien, pero alguien ha comentado que eran de la Unión. No me lo creo. No he visto a ningún miembro de la Unión por aquí en más de un año.

Aquello no tenía buena pinta. Lo último que necesitaba era a los militares husmeando.

—Gracias por el consejo —le dije, y me acabé el café de un trago.

—Oye, cuídate. Pasa por aquí la próxima vez que vengas.

—Cuenta con ello. Gracias otra vez.

Vi a Hitchens caminando junto a Octavia en cuanto salí del bar. Llevaba una camiseta de vacaciones de algún tipo, igual que las que se vendían en la tienda de regalos local.

—¿Le gusta? —preguntó con una sonrisa.

—La ha comprado en el hotel. —Octavia negó con la cabeza—. Le he dicho que no lo hiciera.

—Tonterías —dijo Hitchens—. Creo que es bastante apropiada.

—Deberías hacer caso a tu ayudante —le dije—. ¿Estáis listos?

Ambos asintieron y echamos a andar por el paseo marítimo, que para mi sorpresa estaba mucho menos concurrido de lo normal. De hecho, estaba bastante seguro de que nunca lo había visto tan vacío. Había, como mucho, dos docenas de personas caminando en silencio entre las diferentes tiendas, un marcado contraste con las típicas multitudes que, por lo general, había que atravesar.

Me detuve cuando la tienda de Ollie apareció en el otro extremo del paseo. La persiana estaba bajada, algo que solo había visto una vez en los tres años que hacía que lo conocía.

—¿Pasa algo, capitán? —preguntó Hitchens.

—¿Podéis esperar aquí? Tengo que ir y echar un vistazo.

—Pues claro. —Miró a su ayudante—. Octavia, vamos a sentarnos en ese restaurante. ¿Te parece?

—Me vendría bien comer algo —respondió ella.

—Una ensalada para mí —dijo él, frotándose la barriga.

—Siempre dice eso, pero acaba comiéndose un bistec.

Él se rio entre dientes.

—Tengo un problema. —Empezaron a irse—. Estaremos aquí cuando esté listo, capitán.

Asentí con la cabeza y luego me dirigí a la tienda de Ollie. Al acercarme, vi que había puesto un cartel.

CERRADO - SEGURIDAD DE LA ESTACIÓN

La única otra vez que había visto a Ollie cerrar la tienda había sido en mitad de un enfrentamiento con un dispensador de basura rebelde. La máquina había empezado a funcionar mal mientras él intentaba sacar algo de metal desechado y se había cortado tres dedos en el proceso. Para sorpresa de todos, había tenido que cerrar el negocio durante casi doce horas mientras iba al centro médico para que se los volvieran a coser.

Esa otra vez, no se había molestado en poner una señal. Aquella indicaba que era de Seguridad, lo cual era aún más extraño.

—Eh —escuché que decía una voz detrás de mí.

Me volví y vi a una chica allí de pie, masticando chicle y cruzada los brazos. Era una de las chicas de la zapatería del otro lado de la bifurcación. La reconocí porque siempre me miraba fijamente cuando iba a la tienda de Ollie.

—¿Sí?

—¿Estás buscando al tipo que dirige este sitio? —Llevaba una ropa horriblemente brillante y demasiadas joyas.

—Pues sí. ¿Sabes dónde está? —pregunté.

Asintió, sus largos pendientes repiquetearon contra su cuello.

—Ay, dios. Ay, dios. Pareces un buen tipo. Lamento tener que decírtelo, pero está muerto.

Durante un segundo, creí que debía de haberla oído mal, estaba hablando demasiado rápido para tener un chicle en la boca.

—¿Qué has dicho?

—Ese tipo, el dueño de este sitio. Está muerto, encanto. Lo encontraron hace unas horas con una bala en la cabeza. Quién iba a pensar que aquí pasaría algo así.

Volví a mirar el letrero.

—¿Qué...? —Susurré, totalmente incrédulo—. ¿Ollie está... muerto?

—Ay, cariño, es un escándalo. Todo el barrio está hablando de lo mismo. Las otras chicas y yo creemos que es probable que haya sido un asesinato, ¿sabes? Alguien podría haber andado detrás de él. Danni ha dicho que escuchó decir a su primo que Paule, el del bar, ha tenido algo que ver, pero yo conozco a Paule y no es de esa clase de chico, ¿sabes? Él no iría a...

Parpadeé, tratando de concentrarme en el letrero que tenía frente a mí. Quizás si fuera a hablar con Seguridad, podrían decirme lo que había pasado. Con suerte, aquella chica se lo estaba inventando todo, o tal vez solo fuera una estúpida.

Me alejé tanto de ella como de la tienda.

—Gracias. Tengo que irme —dije.

—De acuerdo. Cuídate. Intenta no terminar como ese tipo. Ten cuidado.

No respondí.

—Maldita sea, Ollie —murmuré mientras dejaba atrás esa sección del paseo.

Hitchens me saludó con la mano cuando pasé por el restaurante. Le dio un mordisco a un bistec con una gran sonrisa en el rostro. Empezó a levantarse de su asiento, pero le indiqué que se sentara, así que lo hizo.

—Tengo que ir a hablar con Seguridad —dije cuando me acerqué a su mesa.

—¿Va todo bien? —preguntó Octavia—. Parece alterado.

—Vosotros esperadme aquí. Si no vuelvo en unas horas, id al hotel y reuníos con los demás. Os llamaré.

A pesar de su clara confusión, ambos asintieron.

—Haremos lo que nos pide —dijo Octavia.

—Gracias —dije.

Hitchens levantó el dedo.

—Capitán, si me lo permite. Parece un poco preocupado. ¿Estás seguro de que todo va...?

—No os metáis en problemas —dije, luego me di la vuelta y salí del restaurante.

Lo que esa mujer me había dicho tenía que ser un error. No era posible que Ollie estuviera muerto. Ese pequeño imbécil no. Ni en un millón de años.

Sencillamente, no era posible.

El empleado de Seguridad estaba sentado detrás del mostrador con su traje azul y un par de gafas finos.

—¿Ollie Trinidad? Sí, creo que ha fallecido esta mañana.

Sentí que se me tensaban los hombros.

—El propietario de...

—Regalos y objetos de recuerdo de Taurus —finalizó el empleado—. Ese es. ¿Es usted un familiar?

—No. ¿Me puede contar qué es lo que ha pasado?

—Solo una parte. Me temo que la investigación aún está abierta, lo que significa que hay detalles que no podemos revelar. Estoy seguro de que lo entiende.

—¿Puede al menos decirme cómo murió?

El empleado miró la pantalla por un momento.

—Parece que le dispararon a altas horas de la noche. ¿Puedo tomar sus datos de contacto? Si es socio del señor Trinidad, es probable que el sargento Deekon quiera hacerle algunas preguntas.

Me giré y caminé hacia la puerta.

—Gracias por su ayuda.

El empleado no me presionó para que le diera un nombre, probablemente porque sus cámaras me identificarían en cuanto me fuera. Si ataban cabos y se enteraban de mi asociación con Ollie, los tendría pisándome los talones antes de que acabara el día.

Había varios televisores a lo largo de las paredes del pasillo que mostraban a varios criminales y civiles desaparecidos. Vi a un chico llamado Connor Luce que había desaparecido hacía unos meses. Tenía seis años.

DESAPARECIDO - MARICE TRADEL: EDAD: 6

COLOR DE PELO: NEGRO

COLOR DE OJOS: CASTAÑO

NOTA IMPORTANTE: POR FAVOR INFORME DE CUALQUIER AVISTAMIENTO A

SU OFICINA DE SEGURIDAD LOCAL.

GRACIAS.

Junto a él vi la foto de un hombre de cabello anaranjado y pecas. llevaba unas gafas gruesas y la ropa arrugada.

SE BUSCA — LANDON O'TOOLE: EDAD: 52

COLOR DE PELO: ROJO

COLOR DE OJOS: VERDE

ALTURA: 1'80M

DELITOS: INCENDIO PROVOCADO, ROBO MAYOR, SEIS CARGOS DE

ASESINATO

PRECAUCIÓN: EL SOSPECHOSO VA ARMADO Y ESTÁ CONSIDERADO
EXTREMADAMENTE PELIGROSO.

La siguiente pantalla tenía una iluminación muy tenue hasta que estuve lo bastante cerca para que el sensor me detectara. Cuando lo hizo, la pantalla se iluminó y vi una cara familiar que hizo que me parara en seco.

Era la imagen de una mujer vestida con vestiduras sagradas. Se me pusieron los ojos como platos cuando me di cuenta de quién era.

SE BUSCA- ABIGAIL PRYAR: EDAD: 35
COLOR DE PELO: RUBIO
COLOR DE OJOS: MARRON
ALTURA: 1'52M
DELITOS: ASESINATO, ROBO, AGRESIÓN, CONSPIRACIÓN PARA COMETER
ASESINATO, SECUESTRO
CUIDADO: LA SOSPECHOSA VA ARMADA Y ESTÁ CONSIDERADA
EXTREMADAMENTE PELIGROSA.

Me quedé mirando la imagen, un poco fuera de mí. Sabía que tenía una orden de arresto, pero verla allí en Taurus me sorprendió. No estábamos en el espacio de la Unión, lo que debería haber significado que cualquier acto criminal cometido en territorio de la Unión era nulo y sin valor. Eso no significaba que la persona no pudiera ser perseguida, solo que sus crímenes no eran publicados. No allí, en las Tierras Muertas.

Si comenzábamos a hacer eso, la mitad de las personas en esa región serían arrestadas, incluido yo mismo.

Me di la vuelta y seguí caminando, dejando la pantalla con la cara de Abigail a mi espalda. Tenía otras cosas de las que preocuparme en ese momento.

Cuando doblé la esquina y entré en el paseo, vi las persianas cerradas de la tienda de Ollie y la cantidad inusualmente baja de gente que recorría el paseo.

Sin embargo, para mi sorpresa, ahora había tres personas juntas frente a la puerta de la casa de Ollie. Todos vestían de uniforme, pero no era del tipo que uno esperaba ver en la Estación Taurus.

Colores azules y dorados, chaquetas ajustadas y cuellos planchados. Eran de la Unión.

Me quedé petrificado, mirando a los tres extraños al otro lado del paseo. ¿Qué estaban haciendo delante de la tienda de Ollie? De hecho, ¿qué estaban haciendo en la estación?

Me toqué el oído y activé el comunicador de mi nave.

—Siggy, ¿me oyes?

—Por supuesto, señor —respondió la I.A.

—¿Puedes comprobar si hay naves de la Unión en la zona? Comprueba si alguna está acoplada.

Hubo una pausa rápida.

—Detecto dos naves al otro lado de la estación. Ambas son de la Unión, clase Alfa.

Maldije en voz baja y miré a los hombres de nuevo. Mientras estaba allí, uno se giró y, durante un breve segundo, establecimos contacto visual.

Di la vuelta y me encaminé hacia Seguridad. Esa sección estaba vacía, excepto por un dispensador de basura y un pequeño televisor, que mostraba un anuncio del restaurante Jarro en bucle.

—Siggy, ¿puedes llamar a la habitación de Abigail en el hotel?

—Por supuesto, señor —dijo Sigmond.

—Eh, usted —dijo una voz detrás de mí cerca del bullicioso paseo marítimo.

Me volví y vi a uno de los chicos de la Unión mirándome. El mismo que me había sostenido la mirada antes.

—¿Sí? ¿Qué quiere? —pregunté en tono casual.

—¿Cómo se llama? —preguntó el hombre.

—¿Por qué quiere saberlo?

Sus dos amigos estaban a su lado, mirándome.

—Estamos con el gobierno de la Unión y nos gustaría hacerle algunas preguntas.

—¿Qué está haciendo la Unión aquí? —pregunté.

—Eso no es asunto suyo. Ahora díganos quién es y por qué fue a Seguridad preguntando por el señor Trinidad.

Maldije para mis adentros. Sabía que no debería haber ido allí. ¿En qué estaba pensando?

—Vamos, señor —dijo uno de los hombres—. No nos obligue a arrestarlo por obstaculizar una investigación.

—Hago trabajos ocasionales para Ollie —dije, moldeando un poco la verdad—. Me debe dinero por el último. Estaba intentando cobrar.

—¿Trabajos ocasionales? ¿Cómo cuáles?

—Recojo basura para él para que pueda fabricar esos adornos. Los han visto en la tienda, ¿no? Así es como los hace. Solo quiere los alambres de los contenedores de basura. Así que los recojo para él. Me ayuda a pagar el alquiler, ¿saben?

Se miraron entre ellos.

—¿Recolecta alambre de basura?

—No es lo único que hago. ¿Acaso parezco un buzo de basura de dos bits?—pregunté—. A veces también consigo otras cosas. Justo el otro día encontré un montón de gafas Solento *vintage*. ¿Saben cuánto cuestan esas cosas? —Me reí—. Estamos hablando de unos cientos de créditos.

—¿Qué más sabe sobre el dueño de esa tienda?

—Nada, excepto que compra mucho cableado y chatarra. El mayor tonto de la estación.

—Cables, ¿eh? ¿Alguna vez ha visto a alguien sospechoso entrar en la tienda?

—¿Se refiere a algún criminal? —pregunté, fingiendo estar conmocionado.

—Sí —dijo el hombre—. Un ladrón, un bandido, algún renegado.

—Ah, ¿un renegado? Ahora que lo menciona, había un tipo. Lo vi con una mujer. Entró en la tienda y luego se fue. Eso fue hace una semana. Creo que se llamaba Landon.

—¿Está seguro de que se llamaba así? —preguntó el primero.

—Algo parecido. O Lando. No sé. Dijo algo sobre ir a Arcadia.

—Parece posible —dijo el segundo tipo—. Ella es de allí.

—Ahora no hay nada allí —dijo el tercero.

—Podrían haberse adentrado más en las Tierras Muertas —dijo el primero.

Fingí un suspiro.

—Miren. Odio tener que dejarlos aquí, pero tengo que volver al trabajo. Hay un montón de basura que debo clasificar antes de poder irme a casa.

—Espere un segundo. Háblenos sobre ese hombre que vio. ¿Qué aspecto tenía?

Me encogí de hombros.

—Era pelirrojo, creo. De hecho, hay un póster de él ahí detrás. ¿Ve las pantallas?

El hombre abrió los ojos de par en par.

—¿Está hablando de Landon O'Toole?

—Sí, ese es él. Muy escalofriante. No me gustaría estar encerrado en la misma habitación con él.

—¿Cuándo lo vio?

—Hace unos días —dije, rascándome la barbilla—. Sí, puede que en algún momento de la tarde.

—Santos dioses —dijo el segundo tipo—.Tenemos que informar al Comando.

—Tranquilo —insistió el primero—. Primero revisemos las grabaciones de seguridad.

—Vale, vale.

—Vamos —dijo el tercero, empujándome a un lado.

Los otros dos lo siguieron y se dirigieron a la oficina de Seguridad. Cuando llegaran, pasarían varias horas tratando de localizar al hombre del cartel de «Se busca» y, al final, se irían con las manos vacías.

En ese momento, harían todo lo posible por localizarme. Mierda, era posible que encontraran las imágenes de seguridad en las que salía con Abigail y Lex.

No es que importara. Para cuando descubrieran la verdad, estaría a mitad de camino a través de un túnel de deslizamiento, yendo a algún lugar secreto.

Solo tenía que mover el culo antes de que fuera demasiado tarde.

Capítulo 17

Desaparecí en el ascensor que había al final del paseo y presioné el botón de la cubierta 4, donde estaba el hotel.

Mientras las puertas se cerraban, me di un golpecito en la oreja y activé el comunicador.

—¿Alguna noticia de Abigail, Siggy?

—Estaba a punto de decírselo, señor. La tengo en espera.

—Añádela a esta conversación.

—¿Hola? —dijo Abigail.

—Hola, soy Jace. Necesito que me escuches.

—¿Va todo bien, capitán?

—¿Cómo de rápido puedes recoger tus cosas y reunirte conmigo en el vestíbulo del hotel?

—¿Qué? ¿Por qué lo preguntas?

—La Unión está aquí —le expliqué—. Nos están buscando a los dos.

Hubo un breve instante de silencio.

—Entiendo. Todos están aquí, en la habitación. Podemos estar listos en diez minutos.

—Llévate solo lo imprescindible. Diles a los demás que se den prisa.

—¿Es el señor Hughes? —escuché que preguntaba Lex—. ¡Salúdalo de mi parte!

—Un segundo, cielo —dijo Abigail en voz baja—. Capitán, ¿estás absolutamente seguro de lo que has visto?

Las puertas se abrieron y dos hombres, vestidos con uniformes de la Unión, aparecieron frente a mí.

Tragué saliva.

Ambos me miraron.

—Disculpe —dijo el primero, un tipo alto, pálido y de cabello blanco.

—Capitán, ¿me escuchas? —preguntó Abigail—. He preguntado si estás seguro.

—Estoy seguro —contesté. Luego apagué el comunicador.

Los dos hombres me miraron, arqueando las cejas.

—¿Perdón? —preguntó el segundo, que era más grueso que su amigo.

La puerta se cerró y los dos hombres se quedaron ahí plantados.

Miré la pantalla, que indicaba el piso 9. Aún quedaban algunos más antes del hotel.

—¿A qué planta? —pregunté, pasando el dedo sobre la pantalla.

El primero asintió.

—A la doce. Gracias.

Retiré el dedo de la pantalla.

Mierda.

Los dos oficiales de la Unión y yo salimos del ascensor y entramos al hotel. Me planteé dar media vuelta, pero me contuve, ya que parecería sospechoso.

Mejor esperar allí, como tenía pensado desde un principio. Si aquellos dos imbéciles no se habían ido para cuando Abigail llegara, la llamaría y le diría que esperara.

Sentí el peso de mi pistola debajo del abrigo. «Todavía no», me dije.

Ambos hombres se encaminaron hacia la recepción y empezaron a hablar con la recepcionista.

Me senté en un banco, lo bastante lejos como para no oírlos, lo cual también significaba que ellos no me oirían a mí. Me toqué el oído y abrí un canal.

—Siggy, ponme con Abigail —susurré, alejando la cabeza de los hombres.

Un segundo después, escuché la voz de la monja.

—¿Capitán? ¿Qué pasa?

—No salgáis —murmuré—. Hay oficiales de la Unión aquí fuera. Esperad dentro hasta que os lo diga y preparaos.

—De acuerdo. Un momento... —dijo, y escuché cómo alguien arrastraba los pies al otro lado de la línea—. Por aquí, Lex. Quédate aquí, justo detrás de mí. Sí, ahí mismo. Buena chica. De acuerdo, capitán, esperaremos tu señal.

—Disculpe, señor —oí que decía una voz.

Giré la cabeza hacia atrás y descubrí al oficial de pelo blanco mirándome.

—¿Sí?

Su compañero todavía estaba en el mostrador, hablando con el recepcionista.

—¿Por qué está sentado aquí solo? ¿Está esperando a alguien? —preguntó el hombre de pelo blanco.

—Mis pies necesitaban un descanso —dije.

—¿Por qué no regresa a su habitación? —preguntó.

Apreté la mandíbula. ¿Qué problema tenía aquel tipo? Sentí el repentino impulso de aferrar mi pistola, pero lo reprimí.

—Estoy bien aquí.

Me lanzó una mirada que me hizo saber que mi declaración no era suficiente. Tendría que adornarla un poco.

Con un suspiro dramático, me crucé de brazos.

—Si quiere saberlo, amigo, tengo un problema de vejiga y anoche me meé en la cama. Es un problema médico grave y no me siento orgulloso.

—¿Qué hizo qué? —preguntó el chico, mirando hacia mi entrepierna.

—Ya, como si no me hubiera escuchado. Mire, estaba en Praxus III y me acosté con la chica equivocada. ¿Es eso lo que quiere oír? Mi puñetera vejiga está fuera de control.

Dio un paso atrás.

—Eso es repugnante.

—Sí, gracias por obligarme a revivirlo. —Me puse de pie—. Qué ganas de volver a casa. Se acabaron las vacaciones para mí.

—Lamento haberle molestado —dijo el oficial. Regresó al mostrador para reunirse con su compañero, con una mirada perturbada en los ojos.

«Imbécil», pensé.

Los dos hombres cogieron la tarjeta que les tendió el empleado y se giraron para irse.

—Empecemos por la habitación 201 y avancemos a partir de ahí —dijo el hombre de pelo blanco.

Pasaron a mi lado y se adentraron en el pasillo que había a mi izquierda. Solo había dos direcciones, y no tenía ni idea de en cuál estaba la habitación de Abigail.

Volví a tocarme la oreja.

—¿Abigail? ¿Me recibes?

La línea hizo clic.

—Un momento, señor —dijo Siggy—. Conectando

—¿Hola? —dijo la monja.

—¿En qué habitación estás?—le pregunté rápidamente.

—En la 212 —dijo—. ¿Por qué?

Miré el letrero que había en la pared cerca del ascensor. Números impares a la izquierda, números pares a la derecha.

Me incliné hacia un lado y observé a los dos oficiales de la Unión.

—Espera mi señal —le dije a Abigail—. Solo un segundo.

—De acuerdo —respondió ella—. Escuchad todos, quedaos cerca y estad preparados.

Vi a los dos hombres tocar la puerta con la tarjeta que les había dado la empleada. Un momento después, se abrió y comenzaron a hablar con la persona que estaba dentro. No pude escuchar la conversación, pero no me pareció que tuvieran muchos problemas para que el huésped los dejara entrar.

Cuando desaparecieron en la habitación, me puse de pie.

—¡Ahora! ¡Salid y moveos!

Escuché que una puerta se abría al otro lado del pasillo. Una multitud de rostros familiares salió de la habitación, cargando con su equipaje y corriendo hacia mí. Abigail, Lex, Freddie, Hitchens y Octavia ya estaban allí, listos para marcharse.

Apreté el botón del ascensor, sin darme cuenta de que el ascensor tardaría unos segundos en llegar hasta nosotros. ¿Por qué no se me había ocurrido llamarlo antes?

Abigail se acercó a mi lado con mucha prisa.

—¿Cuál es el problema?

—En el ascensor. Tú espera.

—¿Señor Hughes? ¿Qué está haciendo aquí? —preguntó Lex.

—Está aquí para ayudar —dijo Freddie—. ¿Verdad, capitán?

El ascensor llegó y se abrieron las puertas.

—Entrad —los urgí.

Escuché otra vez el sonido de una puerta que se abría, la puerta por la que habían entrado los dos oficiales. Salieron al pasillo y nos miraron a mí y al resto del grupo.

El hombre mayor pareció fijarse en mis compañeros de viaje. Específicamente, en la pequeña niña albina de cabello blanco que estaba a mi lado.

—¡Eh! ¡Eh, tú!

Cuando las puertas se cerraron frente a mí, saludé a los dos hombres. «Adiós», murmuré.

Bajamos hacia el paseo inferior. Sin duda, los dos oficiales idiotas informarían a sus superiores en cuestión de segundos. No pasaría mucho tiempo antes de que me persiguiera un enjambre de soldados.

Por supuesto, eso sería solo si no podía llegar a mi nave. La *Estrella Renegada* estaba bastante cerca, pero tendríamos que movernos rápido.

—¡Vamos! —grité tan pronto como se abrieron las puertas.

—¿Esos hombres eran de la Unión? —preguntó Freddie mientras nos poníamos en marcha.

—¿Tú qué crees? —pregunté sin rodeos. Me fui directo hacia el mar de civiles que había en el paseo, empujándolos a un lado para dejar espacio a los demás mientras estos se esforzaban por seguirme el ritmo.

Entramos en la sección principal de la plaza comercial y nos abrimos paso entre la multitud. Hitchens era el más lento, se tropezaba en su intento de no rezagarse y se lo veía cagado de miedo. Aquel no era su ambiente, esquivando a los oficiales de la Unión y corriendo por su libertad. No era el ambiente de ninguna de aquellas personas.

Detrás de nosotros sonó una alarma, y de repente estaba en todas partes a la vez. Dos docenas de luces rojas se arremolinaron en las paredes. Las pantallas holográficas emitían señales de advertencia para que la gente supiera que debía ponerse a cubierto.

Fue entonces cuando escuché el disparo. Sonó tan fuerte que no pude adivinar la dirección de la que venía.

Una mujer gritó, no muy lejos de donde estábamos. La multitud sucumbió al pánico, chocaban unos con otros, tropezando y gritando mientras el frenesí y el miedo se apoderaban de la estación.

La ya escasa multitud que había en el paseo se dispersó, la gente corrió hacia las tiendas cercanas, que estaban cerrando las contraventanas en anticipación a lo que estaba a punto de suceder.

Otro disparo, y luego escuché a un hombre gritar:

—¡Detenedlos!

Eché un vistazo y vi a tres miembros del personal de seguridad junto a dos soldados de la Unión. Solo los soldados llevaban armas y se dieron prisa en sacarlas.

Con un movimiento rápido y fluido, me giré y desenfundé mi pistola. Apunté con el cuerpo mientras colocaba a esos hombres en el punto de mira.

Apreté el gatillo y el primer disparo alcanzó al soldado directamente en un lado del estómago y lo lanzó contra la pared.

El segundo oficial me apuntó, pero antes de que pudiera disparar, envié una segunda ráfaga en su dirección y le acerté en la pierna. Gritó y disparó a ciegas el rifle en nuestra dirección.

Las balas atravesaron el paseo e impactaron contra las paredes que tenía a mi espalda. Una de las pantallas que había a mi derecha se hizo añicos, esparciendo cristales por el suelo.

—¡Moveos! —grité, agarrando a Hitchens por el hombro y empujándolo—. ¡Subid el culo a la *Estrella*!

Freddie estaba de rodillas, agarrándose el brazo, la sangre le goteaba entre los dedos. Me acerqué a él y le pasé el brazo por encima del hombro.

—¡Freddie! ¡Levanta el culo!

—L-lo siento —murmuró, con una mirada confusa en los ojos—. Lo siento, Jace.

Abigail vino corriendo y cogió a Freddie.

—¡Lo tengo! ¡Necesitamos que nos cubras!

Lo solté y volví a centrar la atención en los guardias. Los oficiales de seguridad restantes se abrían paso por el paseo, listos para acabar con nosotros. Levanté mi arma y disparé por encima de ellos para romper una de las luces del techo. Llovieron chispas sobre ellos, lo cual los hizo entrar en pánico.

—¡Retroceded o acabo con vosotros aquí mismo! —grité mientras los apuntaba con la pistola.

Se quedaron inmóviles y levantaron las manos. No les pagaban lo suficiente para soportar aquello, a diferencia de los soldados de la Unión, que en esos momentos se retorcían de dolor detrás de ellos.

Abigail y Freddie avanzaban por delante de mí, seguidos por Hitchens y Octavia. Esperé a que llegaran a la dársena al final del paseo marítimo, cerca de donde esperaba mi nave. Ya casi habíamos llegado. Solo tenía que aguantar un poco más.

De repente, los mismos ascensores que habíamos usado antes hicieron ruido y las puertas se abrieron. Dentro estaban los dos hombres del hotel y me miraron a los ojos de inmediato. El de pelo blanco se quedó boquiabierto y me señaló, mientras que el otro fue a por su arma.

Menos mal que fui más rápido.

Les disparé y le acerté a uno en el hombro. Los dos volvieron a meterse dentro, y descargué toda mi munición, que impactó contra las puertas del ascensor mientras se cerraban.

Sin esperar ni un segundo, recargué, paseando la mirada entre el ascensor y el otro grupo de guardias que permanecían al otro lado del paseo.

Un fuerte grito me sobresaltó y atrajo mi atención. Parecía el grito de un niño pequeño. Escaneé la zona de guerra, intentando encontrar al responsable.

—¡Haz que pare! —gritó Lex. Me giré y la vi agachada varios metros detrás de mí, escondida debajo de un gran banco. ¿Cómo había terminado allí sola? ¿Por qué no estaba con los demás?

Corrí hacia ella y la tomé de la muñeca.

—¡A la nave ahora mismo, niña!

Luego se oyó un disparo y una bala pasó zumbando a mi lado e impactó contra la pared que quedaba detrás de nosotros. El soldado herido al que había derribado se había sentado e intentaba manejar su rifle. Antes de que pudiera apretar el gatillo, reaccioné sin pensar, giré sobre mí mismo y le disparé un solo tiro. La bala le dio en la garganta e hizo estallar la mitad de su cuello como un grano, y él se llevó las manos con desesperación a la carne que le faltaba. Estaba a punto de hacer lo mismo con los demás hombres que estaban a su lado cuando sentí que Lex tiraba de mi brazo.

—¡Señor Hughes!

Parpadeé y me detuve. Tenía que llevar a la niña a la nave. Tenía que salir de la estación. Si no la sacaba de allí enseguida, podría acabar muerta.

Cogí a la niña en brazos.

—¡Agárrate a mí!

Me rodeó el cuello con los brazos y me apretó con más fuerza de la que creía que tenía, y yo me lancé hacia el muelle donde estaba esperando mi nave.

Uno de los hombres del ascensor gritó en la distancia, pidiendo refuerzos, pero ya nos estábamos yendo, corriendo por el paseo.

Abigail y Octavia nos estaban esperando en la compuerta, las caras contorsionadas por el pánico.

—¡Oh, dioses! —gritó Abby, extendiendo los brazos para tomar a la niña.

Se la entregué, luego les indiqué a todos que entraran en la nave.

—¡La próxima vez, vigila mejor tus cosas, señorita!

Golpeé con el puño en el botón de liberación y cerré las puertas.

—¿Estamos todos vivos? —pregunté mientras enfundaba mi arma—. Siggy, sácanos de aquí. ¡Todos los demás, abrochaos el cinturón!

Capítulo 18

—Me temo que la Estación Taurus no nos permite emprender el vuelo—dijo Sigmond.

—Atención, nave que intenta huir —dijo una voz por el comunicador—. Depongan las armas y prepárense para ser abordados.

—Lo que yo decía —comentó la IA.

—¿Puedes anular los controles? —pregunté.

—La seguridad de la estación ha iniciado procedimientos de bloqueo, lo cual lo hace imposible.

Miré a mis pasajeros.

—¿Alguien sabe cómo piratear un sistema de seguridad?

Ninguno respondió.

—Eso me temía —dije, mirando hacia la compuerta.

—Capitán, podría intentar liberarnos, aunque el daño a la estación sería significativo —dijo Sigmond.

—¿Cuánto daño?

—La fuerza de nuestro tirón rompería la abrazadera de acoplamiento de la pared y dejaría un agujero considerable.

—¿Habrá heridos?

—No si siguen el procedimiento —teorizó Sigmond—. Las paredes de la estación deben compensarlo levantando un escudo para tapar el daño y proteger al personal de la estación de la exposición.

—¿Qué pasa con los daños de la nave?

—Nuestro casco se vería sometido un esfuerzo moderado, aunque permanecería intacto. La atmósfera no se vería afectada.

—Capitán, ¿de verdad está considerando salir a la fuerza de la estación? —preguntó Hitchens.

—La alternativa es peor, créeme —le dije.

Se secó la frente con su pañuelo rojo.

—Ay, Dios.

—Vamos allá, Siggy. Libéranos y, en cuanto estemos fuera de la estación, quiero que abras un túnel.

—¿Coordenadas, señor?

—No importa —dije—. Lo opuesto al espacio de la Unión. Me importa una mierda.

—Eso implicaría adentrarse más en las Tierras Muertas, hacia el espacio ocupado por los sarkonianos—dijo Siggy.

La idea de llevar mi nave a cualquier lugar cerca del territorio sarkoniano me ponía malo, pero era mejor que arriesgarse a que la Unión nos encontrara.

—Servirá. Tú activa el campo de invisibilidad cuando lleguemos allí. Nos quedaremos ocultos un tiempo.

—En seguida, señor. Todos los pasajeros, abróchense el arnés de seguridad y mantengan la calma.

Abigail me miró mientras rodeaba a Lex con los brazos.

—¿Estás seguro de esto?

Asentí.

—Confía en mí.

Sentí una vibración bajo los pies, un zumbido por toda la nave que se alargó durante unos momentos mientras todos nos mirábamos. Los propulsores se estaban encendiendo y ya empezaban a arder.

Las cosas estaban a punto de complicarse.

Miré a los demás.

—Tenéis que agarraros a...

La nave entera sufrió una sacudida, y yo caí de rodillas mientras me aferraba a la barandilla de la pared. Me agarré fuerte con ambas manos. Los chirridos provenían del exterior de la nave, cerca de la compuerta.

Eché un vistazo a mis pasajeros. Abigail y Lex se habían abrochado el arnés de seguridad, junto con Freddie, al que todavía le sangraba la herida reciente. Octavia rodeaba con los brazos a Hitchens, quien también había caído al suelo. Escuché una explosión muy fuerte al otro lado de la compuerta, seguida de una serie de clics rápidos.

Luego, un repentino tirón hacia delante.

El temblor se detuvo de inmediato y pude volver a ponerme de pie.

—¿Estáis todos bien? —pregunté, mirando primero a Lex.

—Estamos bien —dijo Abigail.

—Nosotros también —dijo Hitchens.

Fui hasta la ventana para evaluar el daño. La plataforma de atraque se había roto en pedazos, y había escombros flotando fuera del enorme agujero que se había abierto en la pared de la estación.

Una capa de metal se deslizó sobre él, protegiendo la plataforma desde dentro, protegiendo la estación de la exposición.

Mientras escapábamos, me fijé en que algo flotaba detrás de nosotros: un gran trozo de pared, pegado a nuestra compuerta.

Tendría que lidiar con eso más tarde.

—¡Siggy, vámonos! —chillé.

—Abriendo un túnel —dijo la IA.

—¿A dónde vamos? —preguntó Lex.

Empecé a moverme hacia la parte delantera de la nave.

—Hasta donde podamos llegar —dije mientras salía del salón.

Dentro de la cabina, la interfaz ya estaba activa y esperando mi autorización. En cuanto me senté, presioné el botón de activación, lancé un haz de luz y abrí un túnel justo delante.

Cuando entramos, activé la cámara trasera de la nave y enfoqué la estación. Ya no había vuelta atrás. Estaba bastante seguro de que era la última vez que la veía, lo más parecido que tenía a un hogar.

Una imagen de Ollie pasó por mi mente, justo cuando el túnel se cerraba detrás de nosotros. «Lo siento, Ollie —pensé mientras veía desaparecer la estación—. Lo siento mucho».

—Hemos llegado tan lejos para nada —dijo Octavia mientras yo volvía al salón. Estaba sentada junto a Freddie, atendiendo su herida con mi botiquín de primeros auxilios. No repararon en mi presencia de inmediato.

Freddie tosió.

—¿Qué vamos a hacer ahora? La Unión nos persigue. La Iglesia ha desaparecido. Nos estamos quedando sin opciones.

—Mantenemos el rumbo —dijo Abigail.

—¿Y cuál es el rumbo exactamente? —interrumpí, entrando del todo en la habitación.

Ella me miró.

—El redescubrimiento de la Tierra, obviamente.

—¿Ya estás con eso otra vez? —pregunté.

—Sé que no nos crees, capitán, y no pasa nada —dijo—. Lo único que te pido es que nos lleves a un lugar seguro por el momento. Un planeta neutral, si es posible, lejos del espacio controlado por la Unión. Algún lugar donde podamos alquilar otra nave.

—Os dejaré en la estación de Keasler. Está cerca de una colonia minera. No hay mucho a su alrededor, pero lo suficiente como para que no tengáis que preocuparos de que os pillen. También tienen un puerto decente, así que estoy seguro de que podréis encontrar a alguien que os lleve a donde queráis.

—Muchas gracias —dijo Abigail.

—¿El señor Hughes no vendrá? —preguntó Lex, mirándola.

—Tengo otras cosas que hacer. Lo siento, niña.

A saber, pagarle a Fratley el dinero que le debía, y tendría que hacerlo pronto. Se acercaba la fecha límite y lo último que necesitaba eran más cosas con las que lidiar.

Fui a mi litera y me derrumbé en el colchón, pero no dormí. No pude, no con la cara de Ollie todavía en la cabeza.

¿Qué estaba haciendo transportando a aquellos fugitivos por las Tierras Muertas? ¿Valía el dinero el precio de la vida de mi amigo?

¿En qué estaba pensando?

Dormí diez horas.

Cuando por fin me desperté, el reloj indicaba que era muy temprano por la mañana. Si me hubiera ido a la cama a una hora normal, era probable que todavía estuviera dormido.

Encontré a Freddie en el salón, dormido con un parche en el hombro. Parecía estar bien, respiraba profundamente y no hacía ruidos. A su lado, Octavia descansaba con una tablilla en la mano y roncando levemente.

Los dejé allí y continué hasta la cabina. Me senté en mi silla y contemplé las paredes verdes y arremolinadas del túnel de deslizamiento. Era maravillosamente caótico y aterrador, todo al mismo tiempo. Podría haberme quedado mirándolo durante horas, como había hecho tantas veces antes. En todo el universo, hasta donde yo había descubierto, no había nada tan misterioso o divino como el resplandor del desliespacio. Si hubiera sido un hombre religioso, como los pasajeros que llevaba a bordo, podría haber encontrado algo sagrado en todo aquello. Algo que me inspirara.

Que me conmoviera.

Pero esas cosas siempre habían sido para otros, lo sabía bien. «Como Freddie y Abby —pensé—. Mejores personas que yo».

Me odiaba a mí mismo por ser el escéptico, por no poder ver la magia, pero ¿no era peor mentirse a uno mismo? ¿Negar lo que eras y en lo que creías?

No importaba cuánto lo intentara, nunca podía ver lo mismo que los demás. Nunca veía a los dioses en las estrellas.

«Solo puedo ser fiel a mí mismo».

—Señor —dijo Sigmond. Esa palabra me arrancó de mi ensoñación.

—¿Qué pasa? —pregunté.

—Ahora mismo nos estamos acercando al final del noveno túnel de deslizamiento desde que salimos de la estación Taurus —me informó la IA.

—¿Nueve ya? —pregunté, desplegando el mapa galáctico. Parecía que habíamos entrado en un zigzag loco después de abandonar la estación. El protocolo estándar a la hora de evadir a un enemigo como la Unión.

Por lo visto, estábamos bastante cerca de Keasler. No tardaríamos mucho en llegar, luego dejaría a los demás y me pondría en camino.

«¿De camino a dónde?», me pregunté.

Primero hacia Fratley, supuse, pero después de eso no estaba seguro. No podía volver a Taurus, sobre todo cuando la Unión iba detrás de mí. Tal vez me dirigiera a Ouros y permanecería escondido un tiempo, enterraría la cabeza en la arena de alguna playa y olvidaría la tormenta de mierda que era mi vida.

—¿Cuál es la hora estimada de llegada a Keasler? —pregunté.

—Dentro de tres horas estándar, señor.

—No es mucho —dije, y de repente, sentí mucho frío.

—¿Debo despertar a los pasajeros e informarlos? —preguntó Sigmond.

Me recliné en mi silla y miré las olas y las chispas a lo largo de las paredes del túnel.

—No —dije, y solté un largo suspiro—. Déjalos dormir un poco más.

Salimos del último túnel y deambulamos por el borde exterior del sistema Keasler. Varias naves aparecieron en la red, la mayoría de las cuales estaban atracadas en la estación, pero me fijé en que había otras que salían de la colonia minera y llegaban a ella en el cuarto planeta desde la estrella.

Solo había estado allí una vez antes, hacía unos años, en una misión de entrega. Un tipo llamado Oxam Wu me había pedido que dejara algunos artículos ilegales en la estación para el administrador que había entonces. Tenía menos experiencia, así que había hecho menos preguntas. No fue hasta más tarde cuando me di cuenta de que en realidad había llevado armas. No había sido mi mejor momento, pero después de eso siempre me había asegurado de entender mejor el trabajo.

Sin embargo, tal vez fuera un error. Hacer preguntas era lo que me había metido en aquel lío en primer lugar. Si nunca hubiera presionado a Abigail para que me contara qué llevaba a bordo, podría haber evitado a la Unión por completo. Ollie estaría vivo.

Negué con la cabeza. Era demasiado tarde para pensar en esas alternativas. Aquella era mi vida ahora. Era mejor lidiar con ella que mirar atrás.

Me mantuve a cierta distancia de la estación.

—Esperemos hasta que estemos listos —le dije a Siggy.

—¿Debo cubrir la nave, señor?

—Por ahora, aparcaremos detrás de esta luna —dije, tocando la pantalla.

—Señor, a la señorita Pryar le gustaría verlo —dijo Sigmond.

—Supongo que eso significa que está despierta —dije.

Freddie y Octavia estaban todavía en el salón, aunque el sacerdote seguía dormido. Octavia estaba enfrascada en cambiarle el vendaje cuando salí de la cabina.

—Buenos días, capitán —saludó al verme.

—¿Cómo está? —pregunté.

—Está aguantando. Ha tenido un poco de fiebre durante la noche, pero parece que se le ha pasado.

—Me alegro de oírlo. Hazme saber si necesitas algo.

Ella asintió.

—Gracias.

La habitación de Abigail estaba al final del pasillo, frente a la mía. Su puerta ya estaba abierta. Me fijé en que tenía una bolsa con ropa sobre la cama.

—¿Preparándote para irte? —pregunté mientras entraba.

Lex estaba en la esquina, mirando cómo la monja preparaba el equipaje.

—Tiene prisa —dijo la niña.

—¿De veras? —pregunté.

—Tenemos que ponernos en marcha en cuanto hayamos atracado —dijo Abigail—. Sigmond me ha dicho que hemos entado en el sistema, así que ya casi es la hora.

—No quiero irme otra vez —dijo Lex—. Esta nave es bonita.

—La chica tiene buen gusto —dije.

—Sin embargo, ya que no vas a molestarte en seguir ayudándonos...

—Sabes que tengo que ocuparme de mi propia mierda, Abby. No es por vosotros.

Arrojó una camisa a su bolsa.

—Vale.

—Si os llevara conmigo a ver a Fratley, me mataría y se llevaría a Lex, todo para poder obtener esa recompensa. Sería un desastre

—Lo sé.

—Entonces, ¿por qué estás enfadada?

—No estoy enfadada —dijo—. Creo que sería más fácil para todos si no tuviéramos que buscar otra nave.

—¿Para qué me has llamado? ¿Para echarme la bronca?

Suspiró.

—No, lo siento. Eso no es...

—¿Entonces para qué?

Vaciló un momento, luego se tocó el bolsillo.

—Quería darte algo antes de que te fueras.

—¿Me has traído un regalo? —pregunté.

—No, no seas ridículo. Es algo que te debo. Eso es todo.

—Ah. ¿Dinero?

Metió la mano en el bolsillo y sacó lo que parecía ser un relicario de oro.

—Ten —dijo, dejándolo caer en mi mano.

La pequeña cadena colgaba de mi dedo.

—¿Qué es esto?

—Es tu pago —dijo, volviéndose hacia su ropa.

—¿Mi pago?

Tras una inspección más cercana, vi una talla muy intrincada de un planeta en la parte superior. Me di cuenta de que era el mismo que Freddie me había mostrado hacía varios días en su tablilla.

—¿Se supone que esto es la Tierra?

—Eso es lo que dicen —respondió—. Puedes venderlo, si quieres. Adelante, ábrelo.

Lo abrí, solo para encontrar un reloj en el interior. Aquella cosa no era un relicario. Era un reloj de bolsillo.

—Santo dios.

—Es de oro macizo —dijo—. La Iglesia creía que era una reliquia de la Tierra. No lo sé con certeza, pero ahora es tuyo. Debería cubrir lo que te debo por ayudarnos a Lex ya mí.

—Ya tengo todo el dinero que necesito de las máquinas que vendimos. Me pagaste de forma justa y equitativa.

—Eso fue para el segundo trabajo que hiciste, llevarnos a Epsilon. Este reloj es por ayudarme a mí. Acéptalo, Hughes. Por favor.

Miré la baratija de oro que tenía en la mano. El reloj era prístino y reluciente.

—¿Estás segura?

—Lo estoy—respondió ella, que siguió llenando la bolsa de ropa—. Gracias otra vez por todo lo que has hecho.

Al regresar a la cabina, sentí que el reloj de bolsillo tintineaba ruidosamente en mi chaqueta. Era pesado en el buen sentido y me sentía muy natural al llevarlo. Era un buen regalo y, a pesar del alto precio que podría alcanzar en el mercado, no lo vendería. Tenía todo el dinero que necesitaba para devolverle el préstamo a Fratley, y un poco más.

Cuando me acercaba al final del pasillo, escuché que el sistema de comunicaciones se encendía.

—Señor, ¿puedo robarle un momento? —preguntó Sigmond.

—¿Qué pasa? —pregunté.

—El túnel de deslizamiento por el que hemos llegado se está abriendo. ¿Nos quedamos en nuestra ubicación actual o prefiere que nos movamos?

—Más vale que no vuelva a ser la Unión. —Observé la pantalla cuando la nave salió volando del túnel y la reconocí al instante.

—No creo que lo sea —dijo Sigmond.

Era la misma nave que había visto sobre Arcadia, la que pertenecía a Fratley.

—¡Siggy, prepárate para otro salto!

—Señor, se está abriendo un canal. Su...

—Vaya, ¡menuda sorpresa!—exclamó una voz familiar.

—¿Fratley?

—Así es, amigo. Me alegro de verte otra vez. ¿Te importa si te pregunto qué estás haciendo aquí?

Toqué el panel de control, tratando de activar los sistemas de comunicación. No pasó nada.

—Siggy, ¿estás ahí?

—He tomado el control de las comunicaciones —dijo Fratley—. Espero que no te importe. Quería toda tu atención.

—¿Has hackeado mi nave?

—Hackeado a lo mejor no es la palabra correcta —dijo—. Tengo los códigos de acceso de la puerta trasera. Es un buen negocio, ¿sabes? Hace que sea más fácil recuperar mi propiedad si el pago no llega.

—Fratley, estaba a punto de ir a verte, una vez hecho este trabajo. Tengo tu dinero en mi cuenta ahora mismo.

—¿Oh? ¿Los setenta y cinco mil créditos?

—Más intereses—dije.

Él rio.

—¿En serio? Supongo que eso demuestra lo que puede hacer un poco de motivación. Pones algo de fuego debajo del culo de alguien y siempre hacen el trabajo.

—Si quieres, transferiré los créditos a tu cuenta ahora mismo. Solo necesito un enlace ascendente gal-net. Pero no puedo hacer eso sin mi sistema de comunicación.

—Muy bien, Jace. Dejaré que me pagues, pero tendrá que esperar. Necesito a la gente que estás transportando.

Un escalofrío nervioso me recorrió el brazo. ¿Había oído bien? No, no era posible que supiera a quién llevaba a borde. No podía saberlo.

—¿Perdona?

—No te hagas el tonto. Sé que tienes a esa mujer, Pryar, contigo. Es probable que también lleves a la albina rara esa. Entrégamelas y luego me pagas lo que me debes. Después de eso, estaremos en paz.

«Mierda», pensé.

—Tampoco intentes huir —me advirtió Fratley—. Tengo tu posición fijada en tres quads. Te sacaremos de la órbita de esa luna a base de fuego.

Sabía que Fratley podía ver a través de mi campo de invisibilidad, así que no estaba fanfarroneando. Podía intentar huir, pero naves más rápidas que la mía lo habían intentado y ahora eran polvo espacial. Además, lo había visto seguir a otros todo el tiempo que fuera necesario, solo para verlos muertos. Probablemente, me haría lo mismo a mí.

—Está bien, Fratley. Me quedaré quieto.

—Eres un buen hombre, Jace. ¡Eso es lo que me gusta escuchar!

El comunicador se apagó.

—Señor, le pido disculpas —dijo Sigmond—. He perdido el control del sistema.

—¿Está bien la nave? —pregunté.

—No hay nada dañado.

—Activa tu cortafuegos. No dejes que vuelva a hacerse con el control.

—Sí, señor.

Salté de mi asiento y corrí al salón.

—¡Salid todos de aquí!

Octavia, Freddie y Hitchens ya estaban allí, pero Abigail y Lex llegaron corriendo.

—¿Qué pasa? —preguntó la monja.

—Fratley ha vuelto —dije, señalando por la ventana—. Y sabe que estáis conmigo.

CAPÍTULO 19

—¿QUÉ VAMOS A hacer? —preguntó Hitchens.

—Tenemos que salir de aquí —insistió Abigail.

—Cálmate. Se me ocurrirá algo —dije.

—Señor, la nave devastadora está desplegando un transbordador. Quieren que les dejemos atracar —informó Sigmond.

—Ponme con Fratley —ordené—. Vosotros, guardad silencio.

Lex estaba de pie entre los brazos de Octavia, mirándome. Me pregunté si sabía siquiera lo que estaba pasando.

La voz de Fratley llegó por el comunicador.

—Jace, ¿qué quieres? Estoy a punto de ir a recogerte.

—Hay un problema con mi compuerta —dije—. Tiene una pared pegada.

—¡Ya lo sé! Relájate, Jace. Te tengo cubierto. Mis chicos arrancarán esa mierda de inmediato, así que podrás olvidarte de que estaba ahí. Pero prepárate, porque podrían penetrar por accidente en la atmósfera de tu nave y mataros a todos. —Dejó escapar una larga carcajada.

—Si muero, no recibirás tu dinero —advertí.

—Deja que yo me preocupe por eso —dijo Fratley—. Venga. Hasta ahora.

Se oyó un clic en la línea y él dejó de contestar. Miré por la ventana para ver cómo el transbordador se separaba de su nave.

—Tenemos que esconderos —les dije a todos los que estaban en mi nave—. A todos.

—¿Vamos a volver al hoyo? —preguntó Lex—. No me gusta estar ahí abajo. Huele a pis.

—No será mucho rato. —Abigail estaba acariciándole el pelo a la niña.

—Todos recordáis adónde ir, ¿verdad? Sigmond abrirá la pared cuando estéis listos—dije.

—Ahora mismo vamos para allí —dijo Octavia, tomando a Hitchens de la mano.

—Madre mía —dijo Hitchens.

Miré a Freddie, que se agarraba el hombro con fuerza.

—¿Crees que podrás ir con ellos? —le pregunté.

Freddie se puso de pie.

—No se preocupes por mí. Estaré bien.

Asentí.

—Octavia, cuida de él. Lleva el botiquín.

El transbordador de Fratley se estaba acercando por fuera y rápidamente soltó dos brazos extensibles. Estos agarraron el enorme bloque de metal que todavía permanecía unido a mi compuerta. Por un segundo, pensé que podría terminar con una brecha en mi nave, pero me sentí aliviado al ver que no sucedía. En vez de eso, los restos se desprendieron y el transbordador de Fratley los lanzó al espacio vacío y los dejó flotar.

Me giré para mirar a Octavia.

—Rápido, os ayudaré a llegar a vuestro escondite. No hay mucho tiempo, así que tendremos que darnos prisa.

La compuerta se abrió y Fratley Oxanos entró en mi nave.

—¡Jace! Rata inmunda.

—Fratley —dije, sin una pizca de entusiasmo en la voz.

Él sonrió con malicia.

—Gracias por invitarme.

Ocho de sus hombres bajaron detrás de él, cada uno con un rifle y un arma de mano.

Fratley miró al más cercano, el líder del escuadrón.

—Empieza la búsqueda.

—Sí, jefe —respondió el hombre. Hizo un gesto para que los demás lo siguieran, y juntos pasaron corriendo a mi lado y entraron en el salón.

Fratley y yo nos miramos.

—Me siento como si acabara de estar aquí —dijo.

—Supongo que debe de gustarte mucho el café —respondí.

Se rio.

—¿Sabes? Cuando yo era un renegado, tenía una nave como la tuya. Era mejor, por supuesto, pero aun así era bastante similar.

—¿De verdad?

Él asintió.

—Créeme, yo estaba en la cima en ese entonces. Los trabajos eran fáciles de conseguir, ¿sabes? No como hoy en día. Tenía suficiente dinero en efectivo para pagar mis deudas y arreglar mi nave, que es más de lo que se puede decir de ti.

—Ha sido una temporada lenta. Eso hay que agradecérselo a la Unión.

—Eso es verdad. La Unión ha estado apretándonos las tuercas a todos para que juguemos según las reglas y hagamos lo que nos dicen. Ahora también se han metido en las Tierras Muertas, expandiendo la frontera. Viste a algunos en Taurus, solo que esos no son todos los que hay. Tienen grandes planes, Jace.

Me sorprendió que supiera lo de Taurus. Nunca había visto su nave por la zona.

—Te lo han contado, ¿verdad?

—Eres un granuja, Jace. ¿Sabes? Ni siquiera saben que fuiste tú, pero yo estaba mirando.

—¿Mirando? —repetí.

—Siempre lo hago cuando se trata de ti, Jace.

Me apoyé contra la pared.

—No estoy seguro de si debería sentirme halagado o preocupado.

—Es por tu propio bien. Me debes una pequeña fortuna, así que no puedo dejar que te vayas y termines haciendo que te maten. Es decir, hasta que me hayas pagado.

—Lo entiendo —dije, cruzándome de brazos—. Tienes un negocio por el que preocuparte.

—Uno muy exitoso —corrigió.

El gruñido del cabecilla llegó corriendo por el pasillo.

—Señor, no hay señales de nadie más en la nave.

—¿En serio? —preguntó Fratley. Me miró enarcando una ceja—. ¿Dónde está la chica, Jace? ¿La tienes escondida en alguna parte?

—No estoy seguro de a qué te refieres —le dije, mirándolo directamente a los ojos.

Soltó una risilla.

—Venga, Jace. Los dos sabemos que la tienes escondida en alguna parte. Vi las imágenes de seguridad de Taurus. Subió a esta nave.

—No lo recuerdo. Debía de ser otra nave.

Miró al matón que tenía al lado.

—La última vez que estuvimos aquí, había una caja fuera de sitio, ¿verdad? Echemos un vistazo a la bodega de carga.

—Sí, señor.

Fratley se aseguró de que lo siguiera. Sus matones me empujaron hasta que estuvimos dentro de la bodega.

Las cajas estaban todas alineadas contra la pared, las había recolocado en sus lugares originales. Fratley caminó hasta la más cercana, la misma caja que había estado fuera de su sitio la última vez, y la examinó.

—Vamos a mover esto, ¿de acuerdo?

Dos individuos de pecho ancho agarraron cada uno un lateral de la caja y la empujaron hacia atrás, deslizándola sobre el suelo de metal y produciendo un fuerte chirrido que inundó la bodega. Cuando despejaron el espacio, Fratley se acercó a la pared del fondo y se inclinó para mirarla con atención.

—¿Buscas algo? —pregunté.

Golpeó la pared con el bastón y se oyó un ruido sordo.

—Tienes un compartimento oculto, ¿verdad? —Hizo un gesto con la mano a uno de sus hombres. El lacayo le entregó un pequeño dispositivo, que Fratley aceptó—. No puedo decir que te culpe. Yo también tenía algunos, cuando estaba en tu posición.

Presionó un pequeño botón que había en el dispositivo, luego escaneó la pared. Menos de dos segundos después, el compartimiento se elevó y quedó a la vista.

Fratley miró fijamente la sección vacía de mi compartimento de carga, luego se inclinó hacia dentro y no encontró nada. No había señales de intrusos. Ni rastro de ningún pasajero fugitivo.

—¿Satisfecho? —pregunté.

Me miró y sonrió.

—Me temo que todavía no.

Fratley se golpeó un lado de la oreja y abrió un canal de comunicación.

—¿Ya los habéis encontrado? —preguntó—. Vaya. Bueno, eso ha sido rápido. Buen trabajo.

El jefe de los devastadores hizo girar su bastón en el aire y echó a andar hacia mí.

—¿Pasa algo? —pregunté.

—¿Qué tal si me sigues, Jace? Esto no querrás perdértelo.

Dejamos la bodega y avanzamos por el pasillo. Ya se oía algo más adelante, procedente del salón. Había movimiento, el sonido de alguien que arrastraba los pies, seguido de un gruñido.

—Siéntate y no te muevas —espetó un hombre.

Cuando doblamos la esquina, ya sabía qué esperar. Abigail apareció de inmediato, su largo cabello rubio caía por el costado de su cuello, seguido de una mirada severa mientras fulminaba con esos feroces ojos marrones a los tres matones que estaban frente a ella.

Luego, cuando por fin entré en el salón, vi que uno de los hombres sostenía a Lex. Le agarraba un hombro con una mano y su pelo blanco con la otra.

Fratley se dio una palmada en la rodilla.

—¡Bravo! Menudas vistas. ¡Parece que me van a pagar cierta recompensa! Gracias por mantener a estas dos a salvo para mí, Jace.

El cuello de Lex estaba tenso, el hombre la sujetaba del pelo con mucha fuerza. Vi que estaba sufriendo.

Abigail también se fijó en eso y clavó la mirada en el rostro del guardia. Sabía que a la primera oportunidad que tuviera, intentaría matarlo. Solo esperaba que pudiera contenerse el tiempo suficiente para que yo averiguara algo.

—De todos los tipos que me han causado problemas, me alegro de haberte mantenido con vida a ti, Jace —dijo Fratley—. Estoy a punto de que me paguen dos veces en un solo día.

Sentí la necesidad de agarrar mi pistola y dispararle a ese imbécil en el acto, pero enterré el impulso lo más deprisa que pude.

—Me alegro por ti.

Fratley me ignoró y se acercó a Lex. La agarró por la mandíbula y examinó su rostro.

—Todo ese dinero, solo por ti.

Noté que Abigail se ponía tensa y se inclinaba un poco más hacia delante, fulminando con la mirada al hombre del bastón.

—Me pregunto por qué la Unión te quiere de vuelta con tanta urgencia —dijo Fratley. —¿Tienes algo que necesitan?

—Es solo una niña —dije.

—Pero una de aspecto extraño, ¿no es así? —preguntó, pasando un dedo por su melena de alabastro—. Bicho raro.

—¡Quítale esas manazas de encima! —gritó Abigail, incapaz de contenerse más.

Fratley la soltó y se giró hacia la monja. Dio un paso para acercarse más, luego levantó el bastón y la golpeó en la mandíbula. Ella cayó al suelo, sangrando y gimiendo de repente.

—¿Qué has dicho? —preguntó Fratley con calma, de pie junto a ella.

—¡Oye! —grité.

Fratley se rio.

—Tráeme un trapo, ¿quieres? —pidió a uno de sus hombres.

Tragué saliva, temiendo de repente que aquel psicópata asesinara a alguien.

—¡Por favor, Fratley, cálmate!

Sonrió mientras limpiaba la sangre del bastón.

—¿Qué me calme? —preguntó, mirando a Abigail mientras yacía en el suelo. Le dio una patada, con una sonrisa maliciosa en su rostro.

Abigail gritó y extendió la mano, tratando de alejarse a rastras.

—Todo el mundo está calmado —dijo Fratley.

—¿Por qué no te doy ese dinero, eh? Te debo, ¿cuánto, setenta y cinco mil? Te daré quince más, por los intereses. Ya te pagué veinticinco, así que esto debería ser más que suficiente. ¿Qué me dices? Noventa mil créditos, todos tuyos.

Fratley se inclinó para mirarme y arqueó la ceja. Se quedó allí un segundo, como si estuviera procesando todos los números. Todo aquel embrollo había comenzado con una deuda de cien mil. Le había pagado veinticinco, así que ahora le debía setenta y cinco, más intereses. Demasiadas cifras dando vueltas por su cabeza, pero distinguí el momento preciso en el que los engranajes hicieron clic.

Sonrió.

—Ay, Jace, sabes cómo conquistar mi corazón. —Golpeó el bastón contra el tacón de su bota—.¡Veamos esos créditos!

—Sigmond, transfiere noventa mil créditos al siguiente número de cuenta —dije, mirando a Fratley—. Adelante.

Él sonrió.

—44-029-11000.

—Solicitud reconocida —dijo Sigmond. Pasaron unos segundos—. Transferencia completada.

Fratley extendió la mano hacia el matón más cercano.

—Tablilla.

El hombre se la descolgó de la cadera.

—Sí, jefe.

—Veamos —dijo Fratley mientras tomaba el dispositivo y lo examinaba—. Sí. Sí. Aquí está.

No dije nada, dejé que se tomara todo el tiempo que necesitara.

—Buen trabajo, Jace. Parece que está todo aquí. ¿Qué te parece?

—De nada —le dije.

—Ahora solo tenemos que llevar a la mocosa con ese bastardo de Brigham.

—¿Brigham?

Me hizo un gesto desdeñoso con la mano.

—Olvídalo. No importa. Lo único que necesitas saber es que me llevo a la niña. Hay una orden judicial contra la monja, así que me la llevaré también. —Asintió con la cabeza al matón que sostenía el hombro de Lex—. Súbela al transbordador y átala bien, aprieta las cuerdas. Y lo mismo con esa. —Señaló a Abigail—. Dale un trapo para que deje de sangrar por todas partes.

El guardia obligó a Lex a ponerse de pie y la empujó hacia la parte trasera del salón. Otros dos hombres levantaron a Abigail, uno a cada lado.

—¿Se las vas a vender a la Unión? —pregunté.

—Quieren a la niña ilesa, pero la monja... Bueno, no tiene que estar de una pieza. Podría dejar que los chicos se divirtieran un poco antes de regresar.

Sentí que apretaba los puños y el pecho se me ponía rígido.

—En cuanto a qué hacer contigo, Jace, me siento dividido. La mayoría de las veces, mataría a cualquier hombre que se interpusiera entre yo y una recompensa, pero lo has hecho bien al conseguirme ese dinero. Sé que te sientes blando por culpa de esas dos, así que intento ser razonable. Es fácil para un hombre enamorarse de una mujer cuando está rodeado por el Vacío. Lo entiendo. Joder, yo solía hacer las mismas gilipolleces, cuando estaba en tus zapatos. Así que estoy pensando que no es todo culpa tuya. Es por culpa de tu pene. No puedes evitarlo, ¿verdad?

Mantuve los ojos fijos en Abigail mientras se la llevaban.

—Claro —dije, tratando de reprimir mis emociones.

—Te diré lo que voy a hacer, Jace, ya que te entiendo tan bien. Dejaré que lo arregles. Si me entregas una parte de todas tus ganancias del próximo año, tal vez olvide lo que ha pasado. Así no tendrás problemas conmigo. —Golpeó el suelo con su bastón—. Nadie más ha conseguido un trato como este, amigo mío. Tienes suerte de caerme bien.

Me entraron ganas de cruzar la habitación y enterrar mi pistola en su boca. Menudo imbécil.

—Vaya, Fratley. No sé qué decir.

—Normal. Y si tienes suerte, tal vez extienda el trato un poco más. Tú piensa en mí de ahora en adelante, porque créeme, no querrás que me enfade otra vez. No después de lo que ha pasado. ¿Me entiendes? Vamos, Jace. Necesito oírte decirlo. Tengo que oírte decir que lo entiendes.

—Lo entiendo, Fratley —le aseguré.

—Bien —respondió—. Eso está bien.

—Por desgracia, hay un problema con ese plan —dije, mirando a los guardias mientras empujaban a Lex hacia la compuerta.

—No me digas. —Se rio entre dientes—. ¿Qué pasa, Jace? ¿Tienes una idea mejor? ¿Quieres que tu parte sea más grande? Me temo que ya tienes la mejor oferta que vas a recibir, amigo mío.

—No, no es eso —le dije, mirándolo—. No quiero más dinero.

—¿Qué quieres entonces? —preguntó—. ¿Quieres que te deje una hora con la monja?

Lo miré, sin pestañear, una gota de sudor me corrió por la sien. Había muchas posibilidades de que no sobreviviera a ese día, y sería culpa mía, por lo que iba a hacer a continuación. Podría largarme en ese mismo instante y vivir, aceptar otros trabajos y hacer otras cosas, tal vez incluso retirarme a un planeta turístico en algún lugar lejano. Mi vida podría ser un juego de niños, sin lugar a dudas.

Pero las cosas fáciles no eran para hombres como yo. No, me gustaba jugar en el nivel difícil. Me gustaba apostarlo todo.

«A la mierda», pensé, metiendo la mano dentro de la chaqueta y aferrando la pistola extensible que llevaba debajo del cinturón.

—Necesitaré un poco más de una hora —dije, presionando un botón en el arma, haciendo que se formara por completo en mi mano. Con un movimiento firme y rápido, saqué el cañón y apunté directamente a la cara de Fratley—. Es decir, si no te importa.

Fratley sonrió.

—Venga ya, ¿qué vas a hacer con esa cosita, Jace? ¿Matar un bicho? ¿Olvidas que tengo seis tipos detrás de ti?

Escuché que alguien cargaba un rifle.

—¡Baja el arma! —gritó uno de los devastadores.

—Ni de coña —dije, sin dejar de apuntarle—. Si intentas cualquier cosa, dispararé.

Fratley negó con la cabeza.

—Eso sería un gran error. Como he dicho, si aprietas el gatillo, Jimmy te abrirá un agujero en el cráneo.

—Supongo que lo averiguaremos —dije—. ¿No es así, Octavia?

Fratley levantó la vista.

—¿Quién leches es Oct...?

Una bala salió disparada desde la rejilla metálica que uno de los hombres tenía sobre la cabeza, le impactó en el cráneo y lo mató. La rejilla cayó del techo y aterrizó sobre el matón muerto.

Octavia salió por la abertura, empuñando mi pistola, y disparó dos tiros a los tipos que tenía cerca.

Una bala alcanzó al primer hombre en el estómago. Se tambaleó y disparó su arma al techo presa del pánico.

El segundo disparo golpeó a su amigo en el pie, le rompió la bota en pedazos, junto con los dedos del pie, y dejó un enorme agujero donde debería estar la carne. El hombre gritó e intentó apuntar con su arma hacia el respiradero, pero antes de que pudiera, una tercera bala le dio de lleno en el pecho y lo envió contra el mostrador de comida para luego caer al suelo, donde se quedó quieto.

Octavia Brie cayó desde el hueco del techo y aterrizó sobre el cadáver que había debajo.

Fratley se había quedado ojiplático ante el caos que se desarrollaba ante él.

—¡Paradle los pies!

Otro soldado apuntó, pero Octavia atacó primero. Sus disparos alcanzaron tanto al hombre como a la cafetera que tenía detrás, enviando fragmentos de vidrio y líquido negro volando por los aires.

Fratley y yo nos tiramos al suelo para resguardarnos, intentando evitar aquella tormenta. Nos encontramos en el suelo, a centímetros de la cara del otro.

A los dos nos llevó un segundo darnos cuenta de lo que estaba sucediendo. Intenté apuntarle con la pistola, pero él alcanzó mi muñeca antes de que pudiera moverla. Levanté la mano para hacer palanca, solo para que Fratley me la golpeara hacia abajo mientras intentaba quitarme el arma. Cuando me negué a dejarla ir, soltó el cargador y también se deshizo de la bala de la recámara, luego arrojó ambas cosas lejos de nosotros.

Me las arreglé para tirar de la pistola y apartarme de él, aunque estaba vacía, y procedí a ponerme de rodillas. Él intentó hacer lo mismo, así que me abalancé hacia su garganta para inmovilizarlo. Levanté la pistola vacía por encima de mi cabeza, preparándome para matarlo a golpes con ella, cuando resonó un tiro detrás de mí que se estrelló en la pared a mi izquierda. Fratley aprovechó la oportunidad para golpearme en el costado y hacer que me quitara de encima de él.

Fratley agarró su bastón, que había caído a poca distancia. Traté de correr tras él, pero fui demasiado lento. Agarró el palo y se lanzó hacia mí, apuntándome a la cabeza. Lo bloqueé con el cañón de mi pistola. Giró sobre sus rodillas, luego hizo más fuerza con el bastón hacia abajo, con todo su peso.

Apreté la mandíbula y lo empujé hacia atrás, pero perseveró. Un vistazo rápido a mi derecha reveló una pequeña taza de café que había rodado hacia nosotros. Con una mano en la pistola para mantener el bastón alejado, fui a por la taza y enganché el asa con la punta del dedo índice. Con un movimiento fuerte y decisivo, la estampé contra la mandíbula de Fratley y lo hice caer de lado.

Mientras caía, alcancé el bastón y lo arrojé rápidamente detrás de mí. Antes de que pudiera moverse, salté encima de él, me senté a horcajadas sobre su pecho y lo agarré del cuello. Con toda la fuerza que tenía, le pegué en la cara con tanto empeño que se me adormecieron los nudillos. La sangre salía a borbotones de su nariz mientras seguía golpeándolo como si estuviera poseído, y después de un momento, abrió la boca, como si estuviera a punto de hablar.

Antes de que pudiera hacerlo, volví a darle con el puño ensangrentado en la mejilla.

—¡Jace! —me llamó Lex desde el otro lado de la nave.

El sonido de mi nombre me sacudió y me detuve con el puño sobre la cabeza de Fratley. Tenía la mirada perdida, como si estuviera mareado y confundido, a punto de desmayarse.

—¡Señor Jace! —gritó la niña.

Solté la camisa de Fratley, me puse de pie al instante y me giré hacia la parte trasera de la nave.

—¿Lex?

—¡Ayuda! —chilló—. ¡Señor Jace, por favor, ayuda!

Eché a correr, agarré el bastón de Fratley mientras atravesaba el salón y salí al pasillo, hacia la compuerta.

Al doblar la esquina trasera de la nave vi a Octavia en el suelo y a un hombre de pie junto a ella. Tenía una pistola en la mano y apuntaba a Octavia.

Le arrojé el bastón y le di en el brazo. Disparó el arma enseguida, pero solo le dio a la pared del pasillo.

Aceleré mientras me acercaba a él, luego le clavé el hombro en el pecho y lo derribé. Dejó caer la pistola, así que coloqué la mano debajo, la cacé al vuelo, la levanté, apuntándole con ella, y disparé en cuanto el cañón le tocó el estómago. Le di de lleno, en toda la tripa. Se tambaleó, pero volvió a atacarme, como si no se hubiera percatado de la herida.

Apreté el gatillo otra vez, pero solo escuché un *clic*. La pistola estaba vacía.

El matón chocó conmigo. Pesaba el doble que yo y su cuerpo cayó sobre mí, tirándome al suelo. Levantó ambos puños y me golpeó en el pecho, obligándome a expulsar el aire de los pulmones.

Jadeé e intenté apartarlo.

Me pegó otra vez y el dolor me atravesó todo el cuerpo. No podía respirar. Las costillas se me adormecieron de repente.

El devastador sonrió, incluso mientras la sangre le goteaba de los labios, y levantó ambas manos, listo para terminar el trabajo. Abrió las aletas de la nariz mientras apretaba los dientes.

Mi cuerpo se tensó mientras anticipaba el golpe final. No había nada que pudiera hacer para detenerlo. Nada que pudiera decir, excepto...

La cabeza del hombre sufrió una sacudida cuando un ruido explosivo llenó la nave, y varios pedazos de su cráneo y cerebro salpicaron la pared. Se quedó sentado sobre mí, con un vacío confuso en los ojos, luego cayó hacia delante y se derrumbó a mi lado con un ruido sordo.

El doctor Hitchens estaba de pie a cuatro metros de mí, agarrando la pistola extensible que había dejado caer en el salón, con ambas manos extendidas sobre su pesado vientre. Parecía absolutamente horrorizado, como si no pudiera creer lo que acababa de hacer.

Tampoco yo podía.

Me aparté del cuerpo del recién fallecido y me levanté despacio.

—Mierda —murmuré, sosteniendo mi dolorido pecho—. ¡Mierda, Doc!

—¿Le... le he dado?

Puse los dedos sobre el cañón y le hice bajar ambos brazos.

—Tranquilo.

Me miró.

—¿Dónde están las chicas?

—Las traeré de vuelta —dije—. Quédate aquí mientras voy, ¿quieres?

—V-vale —dijo, echando un vistazo al hombre muerto en el pasillo.

Me limpié la frente y luego miré a Octavia. Todavía estaba inmóvil en el suelo, pero ahora no podía preocuparme por ella. No cuando los demás todavía estaban en peligro.

—Cuídala. Vuelvo enseguida.

Corrió hacia su compañera.

—¿Octavia? —susurró, tomándola por la barbilla—.¡Respira! Está respirando.

—Quédate con ella y grita si ves a alguien más —dije, entrando por la puerta del transbordador de Fratley, con el arma preparada.

Me deslicé dentro de la esclusa de aire y en el transbordador, que era casi lo suficientemente grande como para ser su propia nave. El interior era lo bastante alto para caminar erguido y tenía unos dos metros de ancho.

Había un montón de basura en una esquina: latas de cerveza y bolsas de comida basura. Había una docena de asientos vacíos alineados a ambos lados de la nave, con una cortina detrás de ellos. Cojeé hacia la parte trasera, con la pistola en alto y listo para disparar.

—¡Alejaos de mí! —gritó Lex.

La voz de la niña envió un aleteo por mi pecho y dupliqué la velocidad.

Aparté la cortina a un lado, entré en la parte trasera de la nave y vi a dos hombres de pie con Lex entre ellos.

Abigail también estaba allí y ya volvía a estar en pie, para mi sorpresa. Uno de los hombres la tenía agarrada del pelo, con el puño alrededor de su cuello. Parecían estar enredados entre sí.

—¡Jace! —gritó Abigail.

—¡Quédate donde estás! —gritó uno de los hombres, que presionó el rifle contra el pecho de Abigail.

Me arrastré hacia delante, apuntando con mi arma al que sostenía a Lex.

—Si tocas ala niña, te enviaré directamente al infierno.

—¡Inténtalo y las mataremos a las dos!

Di otro paso, manteniendo el arma firme.

—¡Hazlo, Jace! —gritó Abigail—. Yo puedo apañármelas sola.

Solo me quedaba una bala en la pequeña pistola extensible. No era suficiente para dos matones. Tendría que hacer que ese único disparo valiera la pena.

—Quítale las manos de encima a la niña a menos que quieras ver qué aspecto tiene tu cerebro fuera del cuerpo.

—Es nuestra —dijo, inclinándose sobre Lex y tomándola por la barbilla—. Tú espera hasta que la llevemos de vuelta al...

Disparé la última bala, le di en la mandíbula y le destrocé la cara. Cayó frente a Lex y ella dejó escapar un grito ensordecedor.

El otro hombre vio a su amigo caer al suelo, con una expresión de horror en su rostro.

—¡Desgraciado! —gritó, luego se volvió hacia Abigail, sin duda para cumplir su amenaza.

Pero antes de que pudiera recuperarse, Abby agarró el rifle con las manos y lo movió hacia arriba, luego le rodeó la cintura con las piernas y se retorció, obligándolo a caer al suelo y golpeándolo en la garganta con el puño.

Lo soltó, se puso de pie de un salto y procedió a darle una patada en el estómago. Él jadeó con cada uno de los golpes, incapaz de detenerla.

Abby cogió el rifle y le asestó un golpe en la nariz con la culata. El cartílago se le rompió con un fuerte chasquido.

Él gritó, y Abigail retrocedió, mirando a Lex.

—Ve con Jace, cariño —dijo con una extraña calma en su voz. Si no hubiera sido por lo que tenía en los brazos, habría dicho que estaba siendo casi maternal.

—Vale —respondió Lex, que pasó sobre el cuerpo roto y caído debajo de ella. Trotó hacia mí, dejando huellas ensangrentadas a su paso.

Abigail acercó el rifle al pecho del soldado. Abrió la boca para decir algo, pero ella no le dio la oportunidad. Apretó el gatillo y disparó, creando un agujero del tamaño de mi puño que lo atravesó por completo.

El hombre cayó, vacío y sin vida, directo al suelo.

—Mierda —dije, justo cuando Lex me dio la mano.

Abigail se giró hacia mí, con la cara hinchada y aún sangrando. Daba la sensación de que ni siquiera debería estar de pie, como si pudiera derrumbarse en cualquier momento. Si no hubiera sido por la rabia de sus ojos, la determinación que mostraba, podría haberle dicho que se sentara.

—Vayamos a cuidar de los demás —murmuró, llevándose el rifle al hombro.

No iba a discutir, no con una mujer así.

Cuando volvimos a entrar en la nave, vi a Hitchens y a Octavia de pie y contra la pared.

—¿Estáis bien chicos? —pregunté mientras entraba por la puerta.

Ambos me miraron con los ojos muy abiertos. Octavia negó con la cabeza, mirando por el rabillo del ojo al otro lado del pasillo.

En ese momento vi aparecer una pistola, seguida por el hombre que la sostenía mientras entraba en mi campo visual.

—Haz la llamada. Envía nuestras coordenadas —dijo Fratley mientras se tocaba la oreja. Me sonrió y movió el arma de modo que el cañón apuntara en mi dirección.

—Mierda —murmuré.

—Y que lo digas —dijo, sacudiendo la cabeza—. Deberías haberme matado antes. Te estás volviendo estúpido, Jace.

—Baja el arma y lárgate, Fratley.

—¿Y alejarme de mi dinero? No lo creo. —Miró a Lex, que estaba de pie detrás de mi pierna, agarrada a mi cintura—. Esa pequeña zorra viene conmigo.

Abigail alzó el rifle y le apuntó con él.

—Toca a la niña y perderás la cabeza. —Dejó caer el cañón del rifle para apuntar a sus caderas—. Ambas.

Él se rio.

—Cuántas amenazas. Qué ambiente más tóxico has construido aquí, Jace. Creo que no me gusta.

—Entonces vete —dije.

—Eso voy a hacer. Y muy pronto. Tú limítate a darme al bicho raro y dejaré que los demás os vayáis. Incluso la monja. ¿Qué te parece? Puedes quedarte con tu juguetito y yo recibiré mi dinero. Todos saldremos ganando.

—Salvo porque no te voy a dar Lex —respondí.

—Harás justo eso si quieres salir vivo de aquí.

Vi la misma pistola que Hitchens había usado antes descansando frente a mí, a centímetros de la pared. Debía de haberla dejado caer al ir a ver cómo estaba Octavia. Lo único que tenía que hacer era llegar antes de que Fratley pudiera disparar, pero era más fácil decirlo que hacerlo.

Ojalá Fratley no tuviera su propia arma apuntada al doctor.

Lo vi golpearse la oreja.

—Aquí el capitán Oxanos. Prepara otra partida de abordaje. Necesito refuerzos.

—¿Qué pasa, Fratley? ¿No puedes encargarte de esto por tu cuenta? —pregunté.

Me ignoró.

—Repito. Aquí el capitán Oxanos. ¡Que alguien me responda, maldita sea!

Escuché un clic dentro de mi oído.

—Señor, me las he arreglado para bloquear todas las transmisiones salientes. El capitán Oxanos no podrá contactar con su nave hasta que se vaya.

No podía responder a Siggy sin llamar la atención sobre mí, así que me quedé en silencio, mirando tanto a Octavia como a Hitchens, y luego a la pistola en el suelo. Si era rápido, podría llegar a ella mientras Fratley estaba distraído.

Octavia pareció deducir lo que estaba pensando. Tenía ambas manos alrededor del brazo de Hitchens. Nos miramos el uno al otro y me hizo un leve asentimiento.

Fratley gruñó de frustración, incapaz de contactar con su nave.

—Esos idiotas. No sé lo que estarán haciendo, pero cuando llegue allí, pienso matarlos a todos. —Me fulminó con la mirada—. Jace, lo juro por los dioses, si haces algo estúpido, mataré a este pedazo de mierda obesa en un segundo, ¿me oyes? ¿Jace? ¿Entiendes lo que te estoy diciendo? Dispararé hasta al último de tus amigos mientras miras, y luego me llevaré a esa niña y quemaré esta nave. Y te mantendré vivo todo el rato, solo para que puedas ver...

Octavia tiró a Hitchens al suelo de repente y yo me lancé hacia la pistola. Agarré el arma a toda prisa y rodé sobre una rodilla en un solo movimiento mientras apuntaba a Fratley.

Sin embargo, antes de que pudiera apretar el gatillo, Fratley disparó contra los dos arqueólogos y le dio a Octavia en el centro de la espalda. Ella aterrizó encima de Hitchens, quien la rodeó con ambos brazos y cayeron juntos contra el suelo.

Al mismo tiempo, disparé mi propia bala. Impactó en la muñeca de Fratley, partiendo huesos y carne.

Detrás de mí, Abigail hizo lo mismo, disparó su rifle y le dio en el hombro.

Corrí hacia delante, levanté el arma y lo golpeé en la cara, en la mandíbula y la nariz.

Fratley cayó, jadeando y sangrando, mocos y sangre rodando por sus mejillas y labios. Trató de levantar la pistola de nuevo, pero fue incapaz de mover el brazo.

Le pisé la muñeca al rey de los devastadores, luego le apunté a la frente con el cañón y amartillé el arma por última vez.

—No lo hagas.

Abigail corrió y le dio una patada al arma que tenía en la mano debilitada. Los dedos de Fratley se retorcieron en el suelo como gusanos, intentando tocar una pistola que no estaba allí.

—Malnacido —murmuró mientras escupía saliva y sangre por la boca.

—Deberías habernos dejado en paz —le dije.

—¡Octavia necesita ayuda! —gritó Hitchens—. ¡No se mueve!

Abigail se puso el rifle a la espalda y luego corrió hacia el doctor.

—Tranquilo —dijo, apartando a la mujer de él—. ¿Octavia?

—¡Necesita ir a un hospital! —gritó Hitchens.

—¿Cómo de grave es? —pregunté.

Abigail negó con la cabeza.

Me quedé mirando a Octavia, la ira creció en mi interior y clavé la mano en el cuello de Fratley, apretando tan fuerte como pude.

—Mira lo que has hecho, pedazo de...

Intentó reír y le salió un sonido confuso.

—¡Cállate la boca! —le grité. Retiré el puño y lo golpeé de nuevo. Encajó el golpe, pero no dejó de reír ni de toser.

Hizo todo lo posible por hablar.

—¡La Unión... viene...! Estás...

Antes de que pudiera decir otra palabra, enterré el cañón de mi arma en su boca y apreté el gatillo, salpicando de sesos y sangre el suelo debajo de él.

Me incorporé y me aparté del cadáver, luego dejé caer la pistola a mis pies.

CAPÍTULO 20

CONTEMPLÉ EL CUERPO de Fratley Oxanos, líder devastador y exrenegado legendario, que yacía inmóvil en mi suelo.

¿Qué acababa de hacer?

Estaba a punto de desangrarse, sin duda alguna, así que ya no tenía ninguna razón para matarlo. Fratley ya había sido desarmado, por lo que el peligro había desaparecido. Estaba acabado.

—Idiota —susurré, mirando su cuerpo inmóvil.

—Jace, tenemos que hacer algo —suplicó Abigail, que seguía sosteniendo a Octavia.

Me aparté del cadáver a mis pies y corrí hacia la mujer de la bala en la columna vertebral.

—¿Respira?

—Apenas —dijo Abigail—. Hay que llevarla a un hospital.

—Señor, ¿puede prestarme atención un momento? —preguntó Sigmond—. Odio interrumpir, pero tenemos un problema.

—¿Qué pasa ahora? —pregunté, sin molestarme en ocultar mi frustración.

—Detecto actividad deslizante. Se está formando otra grieta.

—¿Otra grieta? ¿Quién es esta vez? ¿Qué puedes ver?

—Parece ser un crucero de la Unión, señor.

Miré a Fratley. ¿Era eso a lo que se refería al mencionar a la Unión?

—¿Qué vamos a hacer? —preguntó Hitchens.

—Lo primero será irnos de aquí —dije, mirándolos a todos uno por uno—. Encontraremos un sitio para curar a Octavia en cuanto nos hayamos librado de ellos. —Me volví hacia el altavoz—. ¡Siggy, abre un túnel!

—En seguida, señor.

Sentí que la nave vibraba cuando iniciamos el deslizamiento. Los motores solo tardarían unos segundos en estar listos, y luego tendríamos una vía libre y despejada, salvo circunstancias imprevistas.

—¿Qué pasa con la nave de los devastadores? —preguntó Abigail—. ¿No nos seguirá?

—Yo me encargo de eso. Vosotros cuidad de Octavia. Ah, y que alguien vaya a buscar a Freddie. Aseguraos de que esté bien.

—Voy a ver cómo está —dijo Abigail.

Empecé a correr hacia la cabina del piloto a toda leche, como si mi vida dependiera de ello, porque así era. Cuando por fin estuve en mi asiento, activé los cañones cuádruples y apunté a la nave devastadora, justo a sus propulsores. No se esperarían que disparáramos, ya que Fratley seguía a bordo, pero mi nave no era rival en una pelea uno contra uno. La opción más segura era dejar fuera de juego sus motores antes de que tuvieran la oportunidad de levantar sus escudos y luego salir pitando de aquel sistema.

Solo tendría una oportunidad.

—Allá vamos —murmuré, apretando sendos gatillos y disparando una lluvia de torpedos.

—La nave enemiga está reaccionando —dijo Sigmond—. Intentan activar sus medidas preventivas.

Vi como una serie de pequeñas cápsulas eran expulsadas de la nave más grande y se dispersaban en el espacio entre ambas naves.

Tres de los cuatro torpedos impactaron en el campo recién creado, pero el último misil continuó avanzando hacia la nave enemiga.

El proyectil chocó con la nave y explotó en una exhibición maravillosa, rompiendo una parte del casco exterior y dejándolos a la deriva.

Abrí el escáner y verifiqué su estado.

—¡Parece que les hemos dado bien!

—El túnel está abierto, señor. ¿Podemos proceder?

—¡Adelante! —grité.

—Recibiendo una transmisión —dijo Sigmond.

—Atención, aquí el general Marcus Brigham de la UFS *Amanecer Galáctico*, llamando a la nave identificada como *Estrella*

Renegada. Por favor, respondan. Están violando varias leyes de la Unión, incluida la posesión y el robo de propiedad clasificada de la Unión. Retírense ahora o prepárense para enfrentarse a cargos adicionales. No se les advertirá una segunda vez.

—¡Siggy, corta la conexión y sácanos de aquí!

—Entrando en el túnel de deslizamiento —respondió Sigmond.

No tenía ni idea de quién era Marcus Brigham, pero podía irse a paseo. No iba a caer en lo que fuera que estaba vendiendo.

Entramos en el túnel justo cuando el crucero salía del suyo. Observé cómo la abertura se sellaba detrás de nosotros y nos adentrábamos en la nube esmeralda que se arremolinaba en el desliespacio. Volvíamos a darnos a la fuga, para bien o para mal.

—¿Alguna orden más, señor? —preguntó la IA.

—Atravesemos algunos túneles más y luego búscanos un planeta con un hospital —le dije—. Y asegúrate de que esté lo más lejos posible del espacio de la Unión.

Abigail y yo cargamos el transbordador con los cadáveres de los devastadores. La mayoría estaban muertos, pero algunos seguían respirando, aunque estaban inconscientes. En realidad, no me importaba lo que les sucediera después de aquello. Se merecían todo lo que les había tocado.

A Fratley lo subimos el último. Lo senté en uno de los asientos, mis ojos fijos en él durante más tiempo del que pretendía.

Ahora su cara parecía diferente, toda la rabia y la furia habían desaparecido. Tenía un aspecto muy plácido y tranquilo, casi pacífico, muy diferente a él mismo. Durante un breve instante me pregunté si todos tendríamos ese aspecto al morir. Todo nuestro odio nos abandonaba. Toda nuestra ira desaparecía. ¿Encontraría Fratley la paz ahora? Si los dioses existían de verdad, ¿lo tratarían bien?

Una parte de mí esperaba que no. Quería que sufriera por sus crímenes, por hacer daño a Octavia y Abigail, por intentar llevarse a Lex. Quería decirle que morir no era suficiente..., que se merecía más.

Pero no podía. Ya no estaba. Para bien o para mal, ahora era libre, toda su ambición se había perdido al final. Ahora era como cualquier otra persona.

—Jace, ¿estás listo? —preguntó Abigail. Estaba de pie detrás de mí en la entrada del transbordador.

—Detrás de ti —dije, mirando todavía al hombre muerto.

Bajó de la nave y volvió a pasar por la compuerta, así que me quedé solo. Mis ojos se demoraron sobre el exrenegado durante un largo momento antes de que por fin me diera la vuelta.

—Hasta la vista —murmuré.

Esperé en el salón a que Freddie me diera la noticia. Aparte de Octavia, él era el único de nosotros con formación médica. A pesar de que él mismo estaba herido, hacia todo lo posible por cuidar de ella.

—¿Cómo está? —pregunté cuando Freddie salió del pasillo.

—No está bien —dijo mientras se quitaba los guantes—. No puedo decir nada con certeza. No soy médico. Hay que llevarla a un hospital de verdad.

Se me revolvió el estómago al escuchar esas palabras. Si hubiera disparado a Fratley a la primera oportunidad, cuando estaba inconsciente en el suelo, aquello no estaría sucediendo.

—Siggy ya ha puesto rumbo a un planeta colonia llamado Bellium. Tiene uno de los mejores hospitales de los seis sistemas. Llegaremos en unas pocas horas.

—No corre ningún peligro grave en este momento, por lo que yo sé —me aseguró.

Asentí lentamente.

—Gracias, Freddie.

—La buena noticia es que está viva —dijo—. Tengo fe en ella.

—Fe —dije en voz baja—. Sí.

Freddie se quedó un segundo, pero luego se dirigió hacia el pasillo sin otra palabra más y me dejó allí en silencio.

Me senté en el pequeño sofá y contemplé la cafetera destrozada en una esquina y las mesas derribadas. Cogí la más cercana y la puse de pie, luego limpié la parte superior con la manga.

La pantalla de visualización estaba encendida, pero silenciada, así que toqué los controles para subir el sonido. Era la cadena de noticias de la Unión, y el presentador que no me gustaba estaba hablando de una ceremonia de premios reciente.

—Nunca me ha gustado ese tipo —dijo Abigail, de pie cerca del pasillo. Llevaba algunos vendajes en la cara que ocultaban sus cortes y magulladuras. Me alegré de escuchar su voz.

—¿Y a quién sí? —pregunté.

Se sentó cerca de mí, cruzó las piernas y colocó el brazo sobre el respaldo del asiento.

—¿Has visto la nueva lista de órdenes judiciales?

—Déjame adivinar.

Asintió.

—Salimos todos.

—Perfecto.

Se sacó una pequeña tablilla del bolsillo derecho y me la arrojó.

—Tú, yo, Freddie, Octavia, Hitchens. Nos buscan a todos. Doscientos mil créditos por cabeza.

Leí el documento entre resoplidos.

—Un millón por todos nosotros. Eso es mucho dinero. Tendremos a todos los renegados de la galaxia siguiéndonos la pista.

—¿Vas a entregarnos a todos? —me preguntó.

—Me lo estoy planteando —contesté, con una sonrisa irónica.

Abigail esbozó una sonrisa, pero pronto se desvaneció y sus ojos se apagaron mientras se centraban en la televisión por un instante.

—Ahora ya no podemos volver. Estamos acabados.

—Para empezar, no es como si ninguno de los dos tuviera un lugar al que volver —dije.

Ella asintió.

—No después de lo que le pasó a Arcadia.

—Lo siento —murmuré—. La única razón por la que Fratley hizo eso fue por mí. Yo...

Sentí su mano tocar la mía y mis ojos se alzaron para encontrarse con los suyos.

—Nos has salvado a todos, Jace. Olvida el resto. Si no fuera por ti, estaríamos todos muertos.

No dije nada.

—¿Sabes? —continuó—. A lo mejor podríamos encontrar una playa bonita en algún lugar, lejos de todo el ruido.

—¿Una playa? —pregunté, intentando imaginarme con arena entre los dedos de los pies.

—Nunca se sabe —dijo, sonriendo, y por primera vez desde que la conocía, sentí cariño por ella. Me hizo sonreír.

—Podrías abrir un bar —sugerí.

Ella arrugó la nariz.

—Lo de mezclar bebidas no es lo mío.

—Cierto. Eres monja. Casi lo olvido.

—Creo que ambos sabemos que nunca fui realmente una monja, Jace.

Asentí.

—Siempre lo supe. De alguna manera.

—¿Qué estáis haciendo vosotros dos? —preguntó Hitchens, que entró en el salón desde la habitación de Octavia. La mano de Abby abandonó la mía en cuanto el doctor habló.

—Solo estamos hablando de qué tipo de alcohol vender en nuestro nuevo bar —respondí.

—Estamos discutiendo nuestras próximas opciones —corrigió Abigail—. La Unión ha emitido órdenes de arresto contra todos nosotros, lo que significa que no podemos volver.

—¿Por qué querrías hacer algo así? —preguntó el arqueólogo.

—¿Tienes una idea mejor, profesor? —pregunté.

—Si no se puede volver, ¿por qué no seguir adelante? Tenemos el mapa de la Tierra. En lo que a mí respecta, no hay razón para no seguirlo.

Abigail me miró.

—Ese era el plan inicial.

—Excepto que no me incluía a mí —añadí.

—Eso era entonces —dijo.

—Podría venirnos bien su experiencia, capitán —dijo Hitchens.

—Ese mapa nos sacará de las Tierras Muertas —dije—. Mi supuesta experiencia solo ha sido válida hasta ahora. Nunca he estado más allá de esta parte del espacio. No sé qué hay ahí fuera.

—No muchos lo saben—dijo Hitchens.

Negué con la cabeza.

—¿Qué hay de Octavia?

—He pasado los últimos siete años con ella a mi lado. Sé que lo que más quiere es llevar esta misión hasta el final. Desde que la conozco, ese ha sido su sueño, y el mío.

Tenía que admitir que la idea de ver lo desconocido era tentadora. Había muchas colonias más allá de las Tierras Muertas. Muchos mundos habitados. Otros imperios, como el sarkoniano, se mantenían en las sombras. Siempre había querido ver sus mundos. Aquella podría ser mi oportunidad.

Al mismo tiempo, sabía que no podía volver a casa, no después de todo lo que había hecho. En la estación Taurus ya no me aceptarían... y Ollie ya no estaba.

Aparte de aquellas personas, ¿a quién más tenía? ¿A dónde más podría ir?

—¿Qué te parece, Jace? —preguntó Abigail.

Los miré a ambos. A Hitchens con su barriga y su bigote jovial, todavía sonriéndome, incluso a pesar de la situación de Octavia. A Abigail con su calmada determinación, decidida a cumplir su misión.

Y a Lex, de pie en la puerta, en la esquina del salón, mirándome con esa extraña e intensa curiosidad suya. Fingí que no la había visto, pero sabía que estaba esperando a escuchar mi respuesta.

—De acuerdo —dije al final, mirando de nuevo a Abigail—. Os llevaré a donde queráis ir. Os ayudaré a encontrar el camino a la Tierra, donde sea que esté.

Ella sonrió. Todos lo hicimos.

—¡Maravilloso! —El arqueólogo vino a mi lado. Me tendió la mano y se la estreché. Luego me puso de pie y me rodeó con los brazos—. Este es un verdadero regalo, capitán. Gracias.

—Tranquilo —le dije, empujándolo hacia atrás—. Espacio personal.

—Este será un viaje interesante —dijo Abigail.

—¿Eso crees? —pregunté.

—Si los últimos días sirven de indicación, sí —dijo.

—Vamos a trazar un rumbo, entonces —dije, haciendo crujir mis nudillos—. Primero a Bellium, y luego a la Tierra.

—A la Tierra —coincidió Hitchens.

—Donde sea que esté —dijo Abigail.

Le pasé una mano por los hombros.

—Espero que exista de verdad.

ESTABA SENTADO EN la cabina, contemplando la cajita que me había dado Hitchens. Era tecnología antigua, una especie de dispositivo de almacenamiento holográfico.

Un pequeño dedo de porcelana se acercó y tocó la parte superior del cubo, lo cual provocó que una serie de luces se encendieran ante mí y mostraran las siguientes coordenadas.

Me giré para ver a la niña, Lex, sentada a mi lado, con una sonrisa bien ancha. Tenía un cohete de juguete en la mano, el mismo con el que la había visto jugar el otro día.

—¿Así? —preguntó.

—Justo así —respondí.

Ella se golpeó las rodillas.

—¿A dónde vamos ahora?

—Parece que... —Hice una pausa para mirar la pantalla—. A algún lugar del sector 2210. Siggy, ¿lo has oído?

—Ya estoy trazando el rumbo, señor —respondió la IA.

—¿Lo ves? Lo has conseguido, chica —le dije a Lex.

—¿Podré sentarme aquí contigo a partir de ahora? —preguntó.

—Normalmente, no permitiría que nadie estuviera aquí conmigo —dije.

Ella empezó a fruncir el ceño.

Levanté un dedo.

—Pero por ti, niña, haremos una excepción.

—¿De verdad? —preguntó, abriendo mucho los ojos.

—Somos socios, ¿verdad? —pregunté.

Ella frunció el ceño mucha seriedad.

—Socios —dijo, asintiendo con la cabeza.

—El deslisalto está listo. Esperando sus órdenes, señor —dijo Siggy.

Miré a Lex.

—¿Quieres dar tú la orden?

Sonrió con entusiasmo.

—¿Puedo? Yo no soy la capitana.

—Haremos una excepción —dije—. ¿Crees que podrás con ello?

Asintió, todavía sonriendo.

—Sí. ¡Sí, puedo hacerlo!

—Oigámoslo, chica.

La pequeña albina se agarró a ambos lados de su silla, y con la voz más autoritaria que jamás le había escuchado, dijo:

—¡Dale, Siggy!

¡Hola! Espero que hasta el momento estéis disfrutando la serie Estrella Renegada. Es un tipo de historia completamente diferente a lo que estoy acostumbrado a escribir, pero es algo que he querido hacer desde hace tiempo. Cuando era niño crecí viendo un montón de *westerns* espaciales (Cowboy Bebop, Trigun, etc.), de modo que siempre he tenido un gran cariño a este tipo de historias.

Lo mejor de la ciencia ficción es que uno puede explorar nuevas ideas y escenarios únicos, al mismo tiempo que sigue teniendo personajes con los que puede empatizar. Es algo que voy a hacer muchísimo en esta serie mientras nuestros héroes recorren las regiones desconocidas de la galaxia en busca de la Tierra y sus numerosos secretos. Por supuesto, también descubriremos cosas sobre Lex y su misterioso origen, pero, eh, todo a su debido tiempo.

En mi serie anterior, *The Variant Saga*, tardé varios meses en escribir cada entrega (¡el segundo libro me llevó casi diez meses!). Eso fue un poco demasiado lento para mi gusto, así que esta vez tengo como objetivo escribir un libro cada 4-6 semanas. Va a ser un desafío personal para mí, pero con vuestra ayuda estoy seguro de que podré. Estoy disfrutando un montón con esta historia y tengo intención de seguir así.

Si queréis saber cuándo publicaré el siguiente libro, sed tan amable de apuntaros para recibir novedades. Os daré como bonificación un libro gratis y solo os enviaré e-mails cuando salga un libro nuevo.

Hasta la próxima. Seguid navegando, Renegados.

J. N. Chaney

P.s.: Amazon no os avisará cuando salga el siguiente libro (en inglés), pero podéis estar informados de varias formas:

1. Pasad por el grupo de Facebook **JN Chaney's Renegade Readers** y saludad. Es un sitio estupendo para pasar el rato con otros lectores sarcásticos de ciencia ficción a quienes les apetece echar unas risas.

2. Seguidme directamente en Amazon. Para ello dirigíos a mi perfil de autor de Amazon y pulsad el botón de Seguir que aparece bajo mi foto. Esto hará que Amazon os avise por e-mail cuando saque un libro nuevo.

3. Podéis apuntaros a mi lista de correo. Esto me permitirá estar en contacto directamente con vosotros, y también tendréis acceso a cuentos gratis. Cualquiera de estas formas (o las tres, para más seguridad) os permitirá enteraros cada vez que publique un nuevo libro.